密会宿

栄次郎江戸暦10

小杉健治

時代小説

二見時代小説文庫

目次

大川端　密会宿——栄次郎江戸暦10

第一章　逢引き客

一

七草《ななくさ》が過ぎたが、まだ正月の気分は残っている。湯島《ゆしま》の高台から一望出来る下谷《したや》、浅草《あさくさ》方面の空に無数の凧《たこ》が泳いでいた。小さな凧から大凧まで、江戸の空は凧に占領された感があった。

矢内栄次郎《やないえいじろう》は立ち止まって一見自由に泳いでいる凧を眺めた。いつも凧を見るたびに己を振り返る。凧は糸でつながれ、地上の子どもたちに操られているのだ。しかし、糸が切れたら凧はどこに飛んで行くかわからない。

栄次郎も子どもの頃に強風に煽られて凧を飛ばしてしまったことがある。その凧が後日、深川《ふかがわ》で見つかった。

あそこまで糸の切れた凧が飛んで行ったのかと驚いたものだが、江戸から行徳《ぎようとく》まで飛んで行った凧もあったというから風の力は恐ろしい。

俺も凧のようなものかもしれないと、栄次郎はふいに冷たい風が顔に吹いて来たような気がした。

栄次郎は二百石の御家人《ごけにん》の次男坊である。いわゆる部屋住《へやずみ》だ。自由に勝手なことをしているが、屋敷を追い出されたら、つまり糸が切れたらどこかに飛んで行って地上に墜《お》ちるしかない凧のようなものかもしれない。

いや、凧ではない。鳥だ。俺は鳥になるのだと呟《つぶや》き、湯島の切通しを下り、栄次郎は天神裏門坂通りから上野黒門町《うえのくろもんちよう》に向かった。

前方に、門付《かどづ》け芸人の鳥追《とりおい》女《おんな》の小粋な姿が見えた。ふたりとも三味線を抱えている。

編笠の内から覗く口許は小さく、白い襟足に柳腰。

鳥追女は小商い店の戸口に立ち、三味線を弾きながら唄いだした。

海上はるかに見渡せば　七福神の宝船……

着物も帯も木綿《もめん》だが、その色合いと着こなしによって艶《あで》やかだ。

栄次郎が立ち止まったのは、男たちを虜《とりこ》にしている妖艶な姿に魅せられたからではない。巧みな三味線と巧みな節廻しの唄に聞きほれたのだ。

番頭らしき男が出て来て、付き添っている男の目笊《めざる》に銭を投げ入れた。

栄次郎は武士でありながら、杵屋吉栄《きねやきちえい》という長唄三味線の名取名《なとりな》を持っている。だから、鳥追女の唄と三味線に聞き入ったのだ。

まだまだ芸に精進《しょうじん》しなければならないと、栄次郎は鳥追女の唄と三味線を聞いて、改めて自分自身に言い聞かせた。

去って行く一行を見送ってから、栄次郎は先を急いだ。早く、三味線を弾きたいとうずうずしてきた。だいぶ、刺激を受けたようだった。

四半刻《しはんとき》（三十分）後、浅草黒船町《くろふねちょう》のお秋《あき》の家の二階に落ち着いた。きょうは稽古は休みなので、まっすぐここにやって来たのだ。

お秋は矢内家に年季奉公に来ていた女だ。今、二十八歳である。奉公していたときは痩せていて、おとなしく、すぐ顔を赤らめて恥じらう初々《ういうい》しい女だったが、再会したときのお秋はふっくらとして肉感的な感じで、栄次郎に科《しな》をつくってくるような女に変貌を遂げていた。

「栄次郎さん。ごめんなさい。お客が入っているの」

「わかりました」

栄次郎はこの部屋を三味線の稽古のために借りている。だが、別の部屋に客が入ったときは、弾き方を遠慮する。

お秋は空いている部屋を逢引きの男女に貸しているのである。ふつうの家なので、ふたりがこの家に入ったところを誰かに見られても、知り合いの家を訪問したという体《てい》を装うことが出来る。誰も情事とは思わないはずだった。

それに、お秋の旦那というのは南町奉行所の年番方《ねんばんかた》の与力なのだ。いわゆる筆頭与力であった。世間的にはふたりは腹違いの兄と妹ということになっており、そんな家が逢引きに使われているとは誰も思わない。それで、逢引きの男女は安心してこの家を利用出来るのである。

「男のひと、栄次郎さんに似た感じ。最初、戸口から入って来たとき、びっくりしたわ」

お秋が思い出して言う。

「私に似ているのですか」

覚えず、栄次郎は苦笑した。

「よく見れば違うんだけど……。でも、ちょいと目には、そっくり」

「そうですか」

栄次郎は自分に似ている男に興味を持った。どんな男か見てみたいと思ったが、もちろん自制した。

逢引きの男女はどんな事情を抱えているかわからない。秘密を覗き込むような真似をする気はさらさらなかった。

お秋が部屋を出て行ってから、栄次郎は三味線を取り出した。忍び駒をつけた。これをつけると音が弱まるので、ふつうに弾いても音は響かない。

栄次郎が三味線を習うきっかけは、深川に遊びに行った帰り、仲町《なかちょう》の料理屋から出て来た長唄の杵屋吉右衛門《きちえもん》師匠を見かけたことだった。吉右衛門はきりりとした渋い男だった。決していい男ではないのに、体全体から男の色気が滲み出ていた。栄次郎は吉右衛門を羨望の眼差しで見送った。

長唄を習えば、あのように粋で色っぽい男になれるかもしれない。少しでも師匠のような男になりたい。その思いで、吉右衛門師匠に弟子入りをしたのだ。

一刻（二時間）ほどして、廊下に物音がした。逢引き客が引き上げるのだ。栄次郎は撥《ばち》を動かす手を休めた。

しばらくして、梯子段《はしごだん》を上がってくる足音がした。

お秋が顔を出した。

「もう帰りましたよ。どうぞ、思い切って弾いてくださいな」

「ありがとう」

栄次郎は微笑《ほほえ》んで、改めて思い切り撥を叩こうとしたが、お秋がまだ座っていた。

何か言いたげだったので、声をかけた。

「何か」

「女のひと、どうやらお妾《めかけ》さんみたい」

聞かれる心配はないのに、お秋は声をひそめた。

「お秋さん。そんな詮索《せんさく》はいけませんよ」

「栄次郎さんに似たひとの相手だから気になって。だって、男のひとのほうがおどおどしていて……」

「いけません」

栄次郎はたしなめた。

「ごめんなさい」

お秋は立ち上がった。

「今夜、旦那が来るけど、夕餉《ゆうげ》をいただいていってくださいね」

与力の崎田孫兵衛《さきたまごべえ》はかなりお秋に夢中で、足繁く通って来ている。

「すみません。ご馳走になります」

お秋が出て行った。

栄次郎は再び三味線を弾きはじめた。これまで習った曲のお浚《さら》いだ。

『京鹿子娘道成寺《きょうかのこむすめどうじょうじ》』から『越後獅子《えちごじし》』、『勧進帳《かんじんちょう》』などを何度も弾いていくうちに部屋の中が薄暗くなってきた。

お秋がやって来て、行灯《あんどん》を灯した。

「旦那が来たら、お呼びしますから」

お秋は部屋を出るときに声をかけた。

しばらく稽古を続け、手首が疲れてきた。栄次郎は三味線を置いて立ち上がった。

そして、窓辺に立ち、障子を開ける。

冷たい風が吹き込んだ。大川は薄闇に包まれていた。ふと近付いて来る提灯《ちょうちん》の明かりに気づいた。

猪牙舟《ちょきぶね》のようだ。舟は船着場についた。

寒くなって、障子を閉め、三味線のところに戻った。

梯子段を駆け上がって部屋に顔を出したのは女中だった。

「栄次郎さま。旦那さまがお見えになりました。女将《おかみ》さんが下りて来てくださいとのことです」

「ありがとう。すぐ行きます」

さっき見た舟でやって来たようだ。

三味線を片づけて、栄次郎は階下に行った。崎田孫兵衛がいつになく固い顔で、長火鉢の前に座っていた。

傲岸《ごうがん》不遜《ふそん》なところがあり、自信に満ちあふれた顔をしている孫兵衛だが、案外気の小さいところがある。

「崎田さま。いかがなさいましたか」

栄次郎は心配して声をかけた。

「いや。なんでもない」

そうは言うものの、孫兵衛の顔に屈託《くったく》が広がっている。

「ここしばらくこうなのよ」

お秋が酒の支度をしながら、

「旦那。御番所で何かあったんですか」

と、孫兵衛の顔を見た。

「いや。そうではないが……」

孫兵衛にいつもの迫力がない。お秋の顔を見ようともしない。かつて、こんな態度をとる孫兵衛を見たことはない。

お秋からひったくるように徳利を摑むと、孫兵衛は手酌で酒を呷《あお》った。

栄次郎は孫兵衛からお秋の顔に目をやった。お秋は首をすくめた。ひょっとして、お秋とのことが奉行所内で問題となったのではないか。

「崎田さま。お秋さんのことで？」

栄次郎はそのことを確かめた。

「えっ？　旦那。そうなんですか」

お秋が驚いてきいた。

「いや……」

「違うんですか。どうなんですか」

「うむ」

孫兵衛ははっきりしない。

「旦那。しっかりしてくださいな」

お秋が大きな声を上げた。

はっとしたように、孫兵衛は俯《うつむ》けていた顔を上げた。

「旦那」

お秋がじれったそうに言う。

「そんな怖い顔をするな」

孫兵衛は気弱そうに言ってから、

「じつは、正体不明の者から文《ふみ》が届いた。『恨みは必ず晴らす、覚悟せよ』とだけ書いてあった」

「恨みを晴らす、ですか。恨みとはなんでしょうか」

「わからん」

「何も心当たりはないんですね」

栄次郎は身を乗り出してきいた。

「ない。ずっと考えているのだが、まったく思い出せない。いや、心当たりはないのだ」

「いたずらじゃないんですか」

お秋が口をはさむ。

「いや、いたずらとは思えない。それに、いたずらとしても、誰かが文を寄越したのだ。そんなことをされる謂《い》われはないのだ」

孫兵衛は強張《こわば》った顔で言う。

「定町廻り同心が捕まえた男絡みではありませんね。それだったら、恨みはその同心に向かうでしょうし、御番所内にいる崎田さまには関係ないですからね。でも、年番方として関わるとしたら……」

栄次郎ははたと気づいた。

「ひょっとして、崎田さまはその文を書いたのが奉行所の人間だと疑っているのではありませんか」

栄次郎がきくと、孫兵衛は厳しい顔で頷《うなず》いた。

「じつは、そうなのだ。文はわしの屋敷に投げ込まれていた。石を包んでな。奉行所の中に、わしを恨んでいる人間がいるということに衝撃を受けたのだ。まさか、身内に、そんな人間がいたとは」

「まだ、奉行所の人間とは限りません。それに、文は一度だけなのでしょう?」

「いや、二度だ。二度とも、投げ文された」

「奉行所の人間だとしても、心当たりはないのですね。たとえば、誰かの失敗を激しく叱責したとか、あるいは配置換えで恨みを買ったとか」

ここではお秋に対して頭の上がらない並の男だが、奉行所内では孫兵衛は金銭の取り扱いやひとの配置換えなどの権限を有する実力者なのだ。

「ない」

孫兵衛は言い切った。

「だとすると」

栄次郎は不思議に思いながら、

「誰かに間違われているのではありませんか」

と、孫兵衛の顔を見た。

「しかし、二度も投げ込まれているのだ。屋敷を間違うとは思えん」

「いえ、屋敷ではなく、別の人間を崎田さまだと思い込んでいるんでは?」

「なに別の人間が?」

「うむ。そうだとすると、いい迷惑だ」

孫兵衛は歪《ゆが》めた顔を急に綻《ほころ》ばせた。

「確かに、誰かに間違われている可能性があるな。しかし、それなら気が楽だ」

「どうしてですか」

お秋がきいた。

「わしが恐れていたのは、奉行所内にわしを恨んでいる人間がいることだ。自分でも人望があるとは思っていないが、下の者から恨まれるようなことはしていないという自負があるのだ。もちろん、外にもおらぬ」

孫兵衛は少し胸を張った。

「ええ、旦那は少し威張っているところがありますけど、根はやさしいお方ですものね」

「わしが威張っている？」

孫兵衛は不快そうな顔をした。

「崎田さまは威厳があると、お秋さんは言いたいんですよ」

栄次郎はとりなした。

「まあ、いい」

孫兵衛は酒を呑みはじめた。

誰かに間違われているなら気が楽だと孫兵衛は言うが、そのほうが厄介《やっかい》ではないかと、栄次郎は思った。

「崎田さま。誰かに間違われているとしたら、誰と間違われているのでしょうか」

「そんなこと、わからん」

孫兵衛は吐き捨てるように答えた。

「それに、まだ誰かと間違われていると決まったわけではありません。崎田さまをほんとうに恨んでいる人間がいるかもしれません」

「おいおい。今、そんな人間はいないと言ったばかりだ」

「奉行所の外ではいかがですか。たとえば、親交のある大名家や旗本などの中で、最近何か事件があったことは?」

「いや。これといってない」

「そうですか」

「誰かに間違われているのだ。そうに決まっている」

「そうだとしても、この先、何かをしでかしてこないとも限りません。早く手を打ったほうがよろしいですよ」

持ち前のお節介病が頭をもたげてきたようだと、栄次郎は自分でも思った。とにかく、ひとの難儀を見捨てておけないという性分なのだ。

「なに、襲って来たら、そのときとっ捕まえてやる」

「でも、相手の正体は不明なんです。なんでもない人間にいきなり襲われたら、いくら崎田さまでも苦労すると思います」

「それはそうだが……」

再び、孫兵衛は気弱そうな顔になった。

「それに、恨みを晴らすというのはどういうことか。崎田さまの近しいひとに悪さをしないとも限りません」

「近しいひとだと？」

「たとえば、奥さまだったり、あるいは」

「私も？」

お秋が顔色を変えた。

「そういうことも考えられます」

「ばかな」

急に孫兵衛は落ち着きをなくした。

「ですから、考えるべきです」

「考えてもわからん」

「よろしいですか。崎田さまが誰かと間違われたのだとしたら、投げ文をした男、あるいは女かもしれませんが、どうして崎田さまだと思ったのでしょうか」

「うむ。なぜだろうな」

孫兵衛は厳しい表情で顎に手をやった。

「誰かが、罪を崎田さまになすりつけようとしたのではないでしょうか。あるいは、崎田さまを名乗った男が何かをした……」

「なぜ、わしなんだ？」

「恨むほどではないが、崎田さまを快く思っていない人間がいるのかもしれません。どうですか。そのような男に心当たりはありませんか」

「いや、そういう人間ならたくさんいそうだ」

孫兵衛は顔をしかめた。

孫兵衛は口うるさそうだ。いつも、がみがみ叱られている下役の与力か同心が、孫兵衛の名を騙《かた》って何かしでかしたということも考えられる。

「崎田さま。ひとりで外出するときは十分に注意をなさってください。もし、相手が勘違いしているとしたら、偽《にせ》の崎田さまにどんな恨みを持っているかもしれません」

「うむ」

孫兵衛は唸《うな》った。

「それにしても、いったい誰がわしの名を騙った……」

孫兵衛は怒りに顔を紅潮させた。

「崎田さま。まだ、そうと決まったわけではありません。ただ、用心するに越したことがないと申し上げたいだけです」

栄次郎は穏やかに言った。

「いや。その可能性が高い。いくら考えても、投げ文されるような心当たりはない。やはり、わしの名を騙って、悪さをした輩《やから》がいるのだ」

「名を騙ったとしても奉行所の人間とは限りません」

「いや。奉行所の人間に間違いない。三人ほど、心当たりがある」

「三人も、ですか」

ひとから恨まれるようなことはないと言っていたが、孫兵衛は自分を快く思っていない人間がいることは自覚していたようだ。

「まあ、いい。酒がまずくなる」

そう言い、孫兵衛は酒を呑みだした。だが、いつものように酔わないようだった。

「お秋。今夜はなんだか気が晴れぬ。引き上げる」

孫兵衛は立ち上がった。

「旦那。もう帰るんですか」

お秋が驚いた。

「心配するな」

「崎田さま。お屋敷までお送りいたします」

栄次郎が立ち上がった。

「いや、だいじょうぶだ。すまぬが、駕籠《かご》を呼んでくれ」

「はい」

お秋は女中を駒形《こまがた》にある『駕籠仁《じん》』という駕籠屋に行かせた。

「旦那。駕籠が来るまで、もう少し、呑んでくださいな。栄次郎さんも」

「いえ、私は崎田さまをお送りいたします」

「いい。だいじょうぶだ。襲いかかって来たら、こっちのもんだ。とっ捕まえて、わけを問いただす」

孫兵衛は憤然と言った。

しばらくして、女中が顔を出した。

「駕籠が参りました」

「よし」

孫兵衛が立ち上がった。

栄次郎は駕籠に向かう孫兵衛の耳許で、

「崎田さま。何か、お屋敷のほうで気がかりなことが？」

と、きいた。

「うむ。いや、なんでもない」

「でも、急に帰ることにしたのは、何か気がかりなことが？」

「そうではない」

いらだったように言い、孫兵衛は駕籠に乗り込んだ。

「そうですか。では、お気をつけて」

駕籠かきが掛け声とともに駕籠を担いだ。

「お秋さん。気になるので、あとについて行きます」

駕籠が動きだしてから、栄次郎は言った。

「栄次郎さん、お気をつけて」

お秋の心配そうな声を背中に聞いて、栄次郎は駕籠をつけて行った。

蔵前《くらまえ》を通り、浅草御門を抜けた。

月明かりで、周囲は明るい。浜町堀《はまちょうぼり》を越えて、駕籠は順調に進んだ。栄次郎は少し離れてついて行く。

まさか、奉行所の与力を襲うとは思えないが、用心に越したことはない。

江戸橋を渡り、今度は楓川《もみじがわ》にかかる海賊橋《かいぞくばし》を渡った。茅場町《かやばちょう》薬師《やくし》の前を通る。やがて、奉行所の与力・同心の町である八丁堀《はっちょうぼり》に入った。

月明かりが届かない場所は真っ暗だ。栄次郎は用心したが、何ごともなく孫兵衛の屋敷に到着した。

駕籠から、孫兵衛が下りた。酒代を弾んだようで、駕籠かきは何度も頭を下げて引き上げて行った。

栄次郎も引き返そうとしたとき、目の端に黒い影が飛び込んだ。とっさに、栄次郎は事態を察した。

「あやしい奴」

栄次郎は叫ぶや駆けだした。悲鳴が上がった。

孫兵衛の屋敷の前で、黒い布で顔をおおった侍が刀をかざした。侍の足元に、孫兵衛が倒れた。

「待て」

栄次郎は剣を抜いて迫った。

侍は顔をこっちに向けたが、素早く反対方向に走り去った。

追い掛けようとしたが、孫兵衛が呻《うめ》いていた。

「崎田さま」

刀を鞘に納めてから、栄次郎は急いで孫兵衛の肩を抱き起こした。

「しっかりしてください」

右肩を斬られている。とっさに身をかばったのだろう、傷は急所を外《はず》れていた。だが、肩の傷は浅くはなかった。

その騒ぎを聞きつけ、屋敷からひとが出て来た。

「旦那さま」

若党らしい男が駆け寄った。

「医者を呼んでください。それから、戸板を。部屋に運びます」

栄次郎は指図をした。

二

翌日の朝、栄次郎は孫兵衛の屋敷にやって来た。同心や小者たちが大勢いて、ものものしい雰囲気だった。

奉行所の実力者が襲われたのだ。単に与力ひとりへの襲撃ではなく、南町に対する挑戦でもあった。

昨夜会った同心に挨拶をし、栄次郎は門内に入れてもらった。

玄関に、孫兵衛の妻女が出て来た。妻女には昨夜のうちに挨拶をしてあった。

「崎田さまのお加減はいかがですか」

妻女にきいた。

「はい。傷は痛むようですが、命に別状なくて安心しました。さあ、どうぞ」

妻女は孫兵衛が寝ている部屋に案内《あない》してくれた。

孫兵衛は目を開けていた。

妻女が引き下がってから、

「いかがですか」

と、栄次郎は顔を覗き込んだ。

「おう、矢内どのか。おかげで助かった。礼を言う……」

痛みに襲われて、孫兵衛は顔をしかめた。

「どうぞ、そのままに」

栄次郎はあわてて言う。

「だいじょうぶだ。矢内どのがあのとき、声をかけてくれなければ、わしの命はなかっただろう。よくついて来てくれた」

「いえ、お秋さんに頼まれて」

特に乞われたわけではないが、頼まれたようなものだ。

「そうか。お秋がわしのことを心配してくれたのか。これでは、しばらく行けぬ。悔しい。よしなに伝えて……」

廊下に足音がしたので、孫兵衛はあわてて口を閉ざした。

妻女がやって来た。

「矢内さまのおかげで助かりました」

妻女が礼を言う。

「いえ」

「矢内さまは主人とどのようなご関係でございましょうか」

「それは……」

ご主人が面倒を見ている女子の知り合いなどと言ったら、妻女は卒倒するか、逆上するか、たいへんな事態に陥る。

「じつは私の兄が御徒目付《おかちめつけ》なのです。その関係で、崎田さまを存じあげておりました」

「まさか、屋敷に入るところで襲われるとは思わなかった。油断していた」

孫兵衛が悔しそうに言う。

見舞いが引っ切りなしに来るようで、女中が妻女を呼びに来た。

「では、失礼いたします」

妻女が出て行くのを待ってから、

「お秋のことを頼んだ」

と、孫兵衛は訴えるように言った。

「わかりました。ところで、昨夜の賊のことですが」

栄次郎はきいた。

「まったくわからない。知らない人間だ。矢内どのは姿を見たか」

「顔はわかりません。浪人のように思えました。背格好は私ぐらいかと。おそらく、頼まれて襲って来たのでしょう」

「そうであろう」

廊下にぞろぞろ足音がした。

「では、私はこれで」

「うむ。よしなにな」

　お秋のことだ。

「ご安心を」

　栄次郎は部屋を出た。

　廊下に、羽織に着流しの男がやって来た。孫兵衛と同年配ぐらいの男だ。青ざめた顔で、栄次郎とすれ違い、孫兵衛の寝ている部屋に入って行った。

　玄関で、栄次郎は妻女にきいた。

「今、いらっしゃったお方はどなたでございますか」

「与力の金子惣太郎《かねこそうたろう》さまです」

　高積見廻《たかづみみまわり》与力だという。往来に商品や材木などを制限以上に並べている商店を、盗難や危険防止のために取り締まる役である。

「崎田さまとはお親しいのですか」

「はい。竹馬《ちくば》の友でございます」

「そうでしたか」

　それで、あんなに心配して、青ざめた顔で駆けつけて来たのかと思った。

「では、失礼いたします」

栄次郎は孫兵衛の屋敷を辞去した。

八丁堀から、栄次郎は浅草黒船町のお秋の家にやって来た。

「いらっしゃい」

お秋が明るい声で迎えた。まだ、孫兵衛のことは知らないのだ。

「ゆうべはごくろうさまでした」

お秋がねぎらいの言葉を口にした。

「お秋さん。驚かないできいてください」

「まさか」

お秋の顔色が変わった。

「命に別状ありませんが、崎田さまは昨夜お屋敷の前で待ち伏せていた賊に襲われ、大怪我をしました」

「まあ」

お秋は口を半開きにしたまま言葉を失っていた。

「私がついていながら申し訳ありません」

栄次郎は頭を下げた。

「栄次郎さんが謝ることはないわ。で、どの程度の怪我なの？」

「右肩を斬られました。ひと月もすれば歩けるようになるかもしれませんが、完治までは三カ月ぐらいかかるようです」

「そう……」

お秋は立っていられないようにしゃがみ込んだ。

「あの旦那がそんな大怪我をしたなんて」

「お秋さんによく言っておいてくれと。しばらくここに来られないことを悔しがっていました」

「そう」

お秋はまだ衝撃から立ち直れないようだった。口では、孫兵衛にはあまり関心ないようなことを言っているが、ほんとうは孫兵衛を頼りにしているのだ。

栄次郎は二階に上がった。

だが、孫兵衛が大怪我を負ったというのに、賑やかに三味線の稽古をする気になれなかった。

その日は一日、家の中が沈みっぱなしだった。

夕餉を馳走になったが、しいて明るく振る舞おうとするお秋が痛々しかった。やはり、孫兵衛のことを好いていたのだと、栄次郎はそんなお秋を好ましく思った。

その夜、屋敷に帰ってから兄栄之進《えいのしん》の部屋に行った。兄はとうに帰宅していた。

「兄上。ちょっとよろしいでしょうか」

「うむ。入れ」

「失礼します」

栄次郎は襖を開けた。

相変わらず、兄は小机に向かっていた。何か調べ物をしているらしい。

栄次郎が正座をして待っていると、ようやく兄が小机の前から立ち上がった。

「お忙しそうですね」

栄次郎は疲れたような兄の顔を見た。

「いや。そうでもない」

いかめしい顔つきの兄があくびをかみ殺した。

栄次郎は兄の寝不足の理由がわかったような気がした。ゆうべ、栄次郎が遅い時間に八丁堀の孫兵衛の屋敷から帰ったとき、兄はまだ帰宅していなかった。栄次郎が部屋に入ってしばらくしてから兄は帰って来た。

兄は御徒目付である。若年寄《わかどしより》の支配下で、旗本や御家人を監察する御目付の下で働いている。昨夜遅かったのは、新たな探索を命じられたのかと思っていた。だが、そうではないようだ。

兄は深川に遊びに行っていたのではないか。

いつも厳しい顔で、ぶすっとしているが、なかなかの遊び人なのだ。

義姉が亡くなってからずっと塞《ふさ》ぎ込んでいる兄を強引に深川永代寺《えいたいじ》裏にある『一よし』という遊女屋に連れて行った。二度と行かないのかと思っていたら、兄はその後もひとりで通っていたのだ。馴染みの女もいる。そこでは、人間が一変し、饒舌《じょうぜつ》で楽しい男になるらしい。栄次郎はまだそんな兄を見たことはないが、店の他の女から聞いている。

「栄次郎、何かあったのか」

兄が促した。

「じつは、昨夜、南町奉行所の年番方与力の崎田孫兵衛さまが屋敷の門前にて何者かに襲われました」

「なに、奉行所の与力が？」

「はい。幸い、命に別状はありませんが、完治までひと月以上はかかるかと。今のところ、崎田さまひとりへの逆恨みで、奉行所に対するものではないと思われますが」

「崎田孫兵衛さまといえば、うちにいたお秋の？」

「そうです」

栄次郎がお秋の家の一部屋を借りていることと、お秋が崎田孫兵衛の世話になっていることは、兄にも話してあった。

「襲ったのは黒い布で面体《めんてい》を隠した浪人ふうの男。前々より、脅迫状が舞い込んでいたようです」

孫兵衛から聞いた話を伝えた。

御徒目付は奉行所の与力、同心をも監視する。たとえば、奉行所の探索が手緩ければ、指導をもし、捕らえた者を拷問にかけるときは、必ず御徒目付が立ち合う。

そういうことがあるので、いちおう兄の耳に入れておいたほうがいいと思ったのだ。

「脅迫状とはどのようなものだ？」

「投げ文でした」

「投げ文？」

「はい。『恨みは必ず晴らす、覚悟せよ』と書かれていたそうです」

「恨みは必ず晴らす、覚悟せよか」

兄は顎に手をやった。

「覚悟せよ、とはどういう意味だ。威《おど》しか」

「そうではありませぬか。何か」

「いや、威しのようにもとれるが、注意を呼びかけているようにも思えてな」

「…………」

栄次郎は兄の疑問が矢のように胸に突き刺さった。

注意を呼びかける……。そのことが何か大きなことのように思えた。だが、すぐには考えがまとまらない。

「あいわかった。南町より御目付に報告が上がっているかもしれぬが、いちおう私のほうからも届けておこう。よくぞ、知らせてくれた」

「はっ」

栄次郎は軽く頭を下げてから、

「兄上。じつは、先月の舞台で御祝儀を頂戴いたしました。僭越《せんえつ》ではございますが、もしよろしければお使いくださいませぬか」

そう言い、栄次郎は一両小判を差し出した。

兄は目を瞠《みは》ったが、厳しい表情は崩さず、

「栄次郎。このような真似をするではない」

と、叱責するように言った。

「申し訳ございません。無礼なことは重々承知いたしております。ですが、私には余分なものでして」

「仕方ない。二度とこのような真似をするではない」

そう言い、兄は小判に手を伸ばした。

「はい。わかりました。お忙しいところを、ありがとうございました」

栄次郎が腰を浮かすと、

「栄次郎。深川のほうで寂しがっていた」

と、兄は生真面目な顔で言った。『一よし』という遊女屋の話だ。

「そうですか。そのうち、行ってみます」

栄次郎が廊下に出て襖を閉めるとき、兄はすでに小机に向かっていた。

三

ふつか後の朝、栄次郎は本郷の屋敷を出てから明神下《みようじんした》に向かった。そして、新八《しんぱち》の住んでいる裏長屋木戸を入った。

新八は豪商の屋敷や大名屋敷、富裕な旗本屋敷を専門に狙う盗っ人だった。武家屋敷への盗みに失敗して追手に追われたところを助けてやったことから、栄次郎は新八と親しくなった。

その後、盗っ人であることがばれて八丁堀から追われる身になったが、兄の栄之進が自分の手下ということにして、新八を助けた。

以来、新八は何かことがあると御徒目付の兄の手足となって働いている。

新八は留守だった。こんなに早い時間に出かけているのは今、兄の仕事に関わっているのかもしれないと思った。御徒目付の仕事の内容は秘密を要するので、兄は新八に仕事の依頼をしたことは栄次郎にも言おうとしなかった。

諦めて、八丁堀に向かった。

冷たい風だが、弱々しい陽光に明るさが増し、春が近いことを感じさせていた。

楓川にかかる海賊橋を渡り、崎田孫兵衛の屋敷にやって来た。

玄関に向かうと、どこで見ていたのか若党が出て来て、

「ただいま、奥様を呼んで参ります」

と、奥に向かった。

すぐに、妻女が出て来た。

「矢内どの。いつもありがとうございます。さあ、どうぞ」

「失礼いたします」

庭に面した部屋に行くと、孫兵衛はふとんの上で半身を起こしていた。

「起きてだいじょうぶなのですか」

栄次郎は心配してきいた。

「少しぐらいならだいじょうぶだ。それより、どうしている?」

孫兵衛は声をひそめた。

「寂しがっています。崎田さまが怪我をされたことを話したときには、かなりな衝撃を受けたようでした。しばらく、元気がありませんでした」

「そうか。気が強そうでも、女だな」

孫兵衛は目尻に涙を浮かべた。お秋が心配してくれたことがよほどうれしいようだ。

「ええ。やはり、崎田さまは大事なお方と思っているようですね」

「うむ。早く、会いに行ってやりたいが」

孫兵衛ははがゆそうに言った。

「崎田さま。その後、探索のほうはどうなっているのでしょうか」

栄次郎は口調を変えた。

「あの夜、霊岸島《れいがんじま》のほうに駆けて行く浪人が目撃されていた。だが、それ以上の手掛かりはない。なにしろ、まったく動機がわからないのだ」

孫兵衛は無念そうに言った。

「崎田さま。私は崎田さまが他人から恨まれているとは思えません。やはり、誰かが崎田さまの名を騙って、何かをしでかした。その恨みが、ほんものの崎田さまに向けられたのではないかと思うのですが」

「うむ。だが、誰がわしの名を……」

孫兵衛は唇を嚙みしめた。

「崎田さま」

誰もこの部屋に近付いて来ないことを確かめてから、栄次郎は声をひそめてきいた。

「高積見廻与力の金子惣太郎さまはどのようなお方でございましょうか」

「なに、金子惣太郎？　どういう意味だ？」

叫んだあとで、うっと孫兵衛は呻いた。昂奮して力んだことが、傷口に障《さわ》ったようだ。

「別に、変な意味はありません。ただ、どのようなお方か知りたかったのです」

「だから、なぜ、そんなことを知りたいのだ?」

「申し訳ありません。崎田さまと同い年ぐらいのお方のことを念のために調べてみたいと思いまして」

「ばかばかしい。惣太郎がそんな真似をするものか」

「わかっております。ですから、あくまでも念のためです。それに、金子さまだけでなく、他のお方のことも調べてみたいのです」

「………」

苦しそうな顔をしたのは傷口が痛んだのか、栄次郎の言葉が不快だったのか。

「どうぞ、横におなりください」

栄次郎は手をかして、孫兵衛を寝かした。

「矢内どの」

孫兵衛が呼びかけた。

「なぜ、惣太郎のことを思い浮かべたのだ?」

「じつは、脅迫文です。なぜ、相手はわざわざ、脅迫状を送って来たのでしょうか」

「それはわしを威すためだ」

「ええ、単に威すだけなら、それもわかります。しかし、実際に襲っています。もし、ほんとうに崎田さまの命を奪うなら、脅迫状など送らずに、いきなり襲ったほうが成功したはずです」

「どういうことだ？　わしの命を奪うのが目的ではなかったということか」

孫兵衛は仰向けになったまま険しい表情で栄次郎を睨んだ。

「いえ、逆です。あの賊には明らかに殺そうとする殺気がありました」

「では、あの投げ文は？」

「忠告です。命の狙われていることを、崎田さまに教えるものだった。覚悟をせよ、というのは警戒しろという意味だったのではないでしょうか」

「なんと」

孫兵衛は目をいっぱいに見開いた。

「つまり、崎田さまの名を騙った者が何かをしでかし、その恨みを買った。恨んでいる者は崎田孫兵衛という八丁堀の与力に復讐をしようとしたとは考えられませんか」

「信じられん」

「もちろん。私の考えが間違っているかもしれません。ですが、万にひとつの可能性があるなら、捨てておけません。おそらく、奉行所のほうでは、逆恨みを含めて、崎田さまと関わった者たちの探索をしていることでありましょう。私は、何者かが名を騙ったという線で調べてみたいのです」

「…………」

孫兵衛は目を閉じた。

「金子さまだけでなく、他にも崎田さまの名を騙ることが出来る者を思い出してくださいませぬか」

栄次郎が問いかけたが、孫兵衛から返事はない。

栄次郎は孫兵衛の口が開くのを待った。ときおり、呻き声が聞こえる。金子惣太郎のことを考えているのか。

諦めかけたとき、ふいに孫兵衛の唇が動いた。

栄次郎は耳を近づけた。

「惣太郎はわしの親友だ。わしには従順な男だ。わしが年番方に出世したとき、誰よりも喜んでくれたのが惣太郎だ。そんな男がわしの不利になるような真似はしない」

「失礼ですが、金子さまにお秋さんのことは？」

「知っている。が、自分の胸にだけ納めてくれている」

「そうですか。では、金子さまに女の方はいらっしゃるのですか」

「それらしきことを匂わせていたことがある。半年ほど前のことだ。奉行所の与力部屋でひとりでにやついていたこともあった。何か思い出していたようだ。それから、あるとき、屋敷とは別の方向に急ぎ足で歩いて行ったのを見かけたことがある。永代橋のほうに向かった。あとで、どこへ行ったのかときいたら、にやついていた。女だなときいたら、あいまいに笑っていた。女がいたようだ」

「今も続いているのでしょうか」

「わからん。お互いに、そのことには触れないようにしているからな」

「その女の手掛かりはわかりませんか」

「わからん」

「永代橋のほうに向かったのですね」

「そうだ。見かけたのは霊岸島だ。湊橋《みなとばし》を渡って行くところだから、永代橋に向かうものと思った」

「深川ですね」

襲った賊も霊岸島に向かって逃げた。賊も深川に向かったのではないかと、栄次郎は思った。

廊下に足音がし、妻女がやって来た。

「泉州《せんしゅう》先生が参りました」

医者だ。

「では、また参ります」

栄次郎は挨拶して腰を浮かせた。

「よしなにな」

意味ありげな目を向けたのは、お秋のことだと察した。

「はい」

お任せくださいと、栄次郎は目顔で答えた。

栄次郎は屋敷を出た。空は青く、風は冷たいが陽射しは暖かい。梅の便りも届き、梅の名所に出かけるひとも多い。

江戸橋を渡る猿回しの一行とすれ違った。

栄次郎は鳥越《とりごえ》の師匠の家に行き、稽古をしてからお秋の家に向かった。

お秋の家の二階に上がった。

「崎田さまは順調に回復しているようです」

栄次郎は孫兵衛の様子を知らせた。

「よかったわ。一時はどうなることかと思ったもの」

「なんだかんだと言っても、崎田さまのことが好きなのですね」

栄次郎は微笑ましくお秋を見た。

「えっ？」

お秋が不思議そうな顔をした。

「何か」

栄次郎のほうがお秋の反応を訝《いぶか》った。

「私が旦那のことを？　いやだわ、違うの」

「違う？」

「別に旦那に惚れているから心配したわけじゃないわ」

「えっ、どういうことですか」

栄次郎は戸惑いながらきいた。

「だって、旦那に万が一のことがあったら、旦那に頼っていた暮しが成り立たなくなっちまうでしょう。旦那からお手当てがもらえなくなったら、たちまちお手上げよ」

栄次郎は呆気にとられた。

「妾なんて弱い立場よ。旦那にすがらなきゃ生きて行けないんですもの。そんなの、いやだから、空いている部屋を貸しているのよ。旦那からいつ手を切られてもいいようにしておかなくちゃならないでしょう。でも、今度のことは早すぎたもの。だから、ほんとうにこれからどうなることかと思ったのよ」

「じゃあ、崎田さまのことを思ってのことではなく、今後の生活のことが頭にあったというわけですか」

「それは、旦那の身を心配したわよ。でもね、私は弱い立場だから」

栄次郎は言葉を失った。

「あら、旦那に言ってはだめよ。栄次郎さんだから話したんですからね」

「ええ、わかっています」

涙を流した孫兵衛を思い出して、栄次郎は複雑な気持ちだった。

階下から女中が呼んだ。

「ごめんなさい」

お秋が部屋を出て行った。

孫兵衛はお秋に惚れきっている。だが、お秋は生活のために尽くしているだけのようだ。ほんとうに、お秋は孫兵衛に対してそんな冷めた思いしかないのか。ひょっとして、栄次郎の前で強がりを言っているだけかもしれない。あるいは照れ隠しか。

そうだ、そうに決まっていると、栄次郎は思った。

梯子段を上がる足音がした。お秋ともうひとつの足音だ。逢引き客にしてはひとりではおかしい。

お秋が部屋に入って来た。

「ごめんなさい。お客さん」

三味線の稽古のことだ。

「だいじょうぶです」

「この前の栄次郎さんに似たひとよ」

「そうですか」

「相手のお方はあとから来るんですって。ここで待ち合わせ」

「お秋さん。そんなこと、教えてくれなくても結構ですよ」

「あら、いけない」

お秋はあわてて口を押さえた。

お秋が部屋を出て行ってから、栄次郎は三味線を手にした。

忍び駒をつけて、弱い音にする。

半刻（一時間）ほどしてから、お秋が顔を覗かせた。

「ごめんなさいね。お稽古の邪魔をして」

「どうかしましたか」

深刻そうな顔なので、栄次郎は不審に思った。

「女のひと、まだなの」

「女のひと？」

「ほら、栄次郎さんに似たひと」

「そうですか。どうしたんでしょうね」

「ほんとうに。あのひと、ときたま部屋から顔を出して一階の様子を窺っているようなんですよ」

「日にちを間違えたんじゃないでしょうか」

「そうなのかしら」

「気になるんですか」

「栄次郎さんに似ているせいか、なんとなく」

お秋は正直に答えてから、

「どうしたらいいかしら」

と、きいた。

「どうすることも出来ませんよ。だって、ふたりは忍んで来る仲なんですよ。そこに口をはさむのは、相手にとっては迷惑かもしれませんよ」

「そうね」

お秋は落ち着かぬ様子で部屋を出て行った。

しばらくして、梯子段を上がる足音がした。相手の女が来たのかと思っていると、女中が顔を出した。

「栄次郎さま。磯平《いそへい》親分がお出でです」

「磯平親分?」

孫兵衛の事件のことだと察した。

部屋に上げてもいいが、逢引き客をとっていることを知られてはならない。

「わかりました。すぐおりて行きます」

栄次郎は三味線を片づけてから刀を持って階下に行った。

「矢内さま。すみません」

磯平が頭を下げた。

「私も磯平親分と話がしたいと思っていたのです。ちょっと、ここでは話しづらいので外に出ましょう」

栄次郎は草履を履いた。

「あら、栄次郎さん。お出かけ？」

お秋が出て来た。

「ええ、磯平親分とちょっと」

栄次郎は磯平を外に連れ出した。

「あの家で、事件のことを話したくなかったので。妹さんが心配するといけないので」

「そうですね。それは気がまわりませんで」

磯平は、お秋を孫兵衛の腹違いの妹だと思っているのだ。

「いえ、でも、いいところに来てくれました。向こうに行きましょうか」

と、栄次郎は川っぷちに足を向けた。

御厩河岸《おうまやがし》の渡し場で、渡し船が客待ちしていた。

「親分。どうですか、その後、何か手掛かりは摑めましたか」

栄次郎は船のほうに目をやりながらきいた。

「いえ、それが皆目《かいもく》なんで。崎田さまに殺すほどの恨みを持つ者は見当たりません。

確かに、崎田さまは口うるさいお方で、煙たがる人間は多いのですが、恨みを持つ者はいないようです」

そう言ったあとで、磯平はふいに吹きつけた冷たい風に顔をしかめた。

「私もそう思います。でも、襲った浪人は殺すつもりでかかっていました。単なる威しではありませんでした」

「へえ、そのことで、矢内さまにお訊《たず》ねに上がったわけでして」

磯平は腰を折ってから、

「浪人は黒い布で面体を隠していたってことでしたね」

と、きいた。

「ええ。そうです。叫んだとき、相手はこっちを見ましたが、なにぶん暗くて顔は見えませんでした」

「他に何か特徴とか気づきませんでしたか」

「いろいろ思い出してみたのですが、やせていて、私と同じ背丈で、かなり冷静な男だったという印象しかありません。それから、賊は崎田さまの顔を確かめてから襲いかかっているようです。はじめから崎田さまを狙っています」

「つまり、ひと違いではないということですね」

「そうです。何者かに、崎田さま殺害を依頼された浪人は、崎田さまの行動を探り、その上で襲いかかったように思います。ただ、崎田さまの殺害を依頼した人物ですが、この人物がほんとうに崎田さまに恨みがあるか、あるいは別の人間を崎田さまと思い込んで、殺害の依頼をしたのか」

「なるほど。その可能性もありますね」

金子惣太郎のことは言うわけにはいかなかった。証拠があるわけではない。またへたに金子の周辺を嗅ぎ回られたら、無関係だった場合に迷惑がかかるし、もし関係していたら、警戒されて証拠隠滅を図られてしまいかねない。

「崎田さまはほんとうに襲われる心当たりがないようですが、自分では気づかないうちに他人を深く傷つけていることもあります。ですから、その両面で、調べを進めていくほうがいいんじゃないでしょうか」

「そうですね」

磯平は大きく頷いてから、

「だいぶ参考になりました」

と頭を下げ、引き上げて行った。

栄次郎はお秋の家に戻った。ふと、お秋の家から色白の商人ふうの男が出て来るのを見た。

逢引きの客だと思った。なるほど、顔の形や目許が自分に似ている。栄次郎は立ち止まって、泣きそうな顔で大通りに向かう男を見送った。

栄次郎はお秋の家に戻った。

「とうとう、相手の女は来なかったわ」

栄次郎の顔を見るなり、お秋が切なそうな表情で言った。

「今、姿を見ました。ずいぶん、悄気《しょげ》ていましたね」

栄次郎も同情を寄せたが、深く立ち入ることは控えた。

「どうしたんですね、こんなところで」

背後で声がして振り返ると、新八が立っていた。

「まあ、新八さん。いらっしゃい」

お秋があわてて笑みを浮かべて取り繕った。

「今、そこですれ違ったひと、一瞬栄次郎さんかと思いました」

「新八さんもそう思うでしょう」

お秋が声を弾ませた。

「ええ。ひょっとして、ここから引き上げて来たんですか。でも、ひとりでしたね」

「相手が来なかったんですよ」

お秋が眉をひそめた。

「お秋さん」

栄次郎が注意をする。

「新八さん。二階に上がりましょう」

栄次郎は声をかけ、梯子段に向かった。

二階の小部屋で差し向かいになってから、

「栄次郎さん。長屋のほうにお出でいただいたそうですが」

と、新八が切り出した。

「新八さん。じつは、三日前の夜、崎田さまが面体を隠した浪人に襲われ、大怪我をなされたんです」

「えっ、崎田さまが?」

「ええ。少なくともひと月は安静にしていないとだめなようです」

「じゃあ、しばらくここにはこられないのですね。崎田さまは案外と嫉妬深いので、お秋さんのことではやきもきすることでしょうね」

新八は同情した。

「で、襲った相手はわからないのですか」

「ええ、まったくわかりません。じつは、数日前から屋敷に脅迫状が投げ込まれていたのです。脅迫状の内容は、『恨みは必ず晴らす。覚悟せよ』というものでした。だから、私も心配して……」

栄次郎は脅迫状の件から、襲撃までのことを説明した。

「崎田さまはまったく心当たりがないそうなんです。そこで、ひょっとしたら、勘違いによる襲撃だったのではないか。誰かが崎田さまの名を騙って他人から恨みを買うような真似をしたのではないかと疑ったのです」

「ほんとうに恨みを向ける相手は、崎田さまの名を騙った男だというわけですね」

「ええ、そうです。ですが、なんら証拠があるわけではないんです。崎田さまを恨んでいる人間はいない。ですが、襲った浪人の剣は殺意が漲《みなぎ》っていた。崎田さまの屋敷の前で待ち伏せているのですから、間違って崎田さまを襲ったのではなく、最初から崎田さまを狙っていたということになります」

「別の人間を狙うつもりで屋敷を間違ったってことは?」

新八は口をはさんだ。

「それはないと思います。恨みが強ければ、相手のことを調べてから襲ったはず。それに、それ以前に二度、賊は脅迫状を投げ込んでいるのです。狙いは、崎田さまであることは間違いありません」

栄次郎はいっきに続けた。

「ただ、気づかないだけで、崎田さまを恨んでいる人間がどこかにいるのかもしれません。このことは無視出来ませんが」

「もし、崎田さまの名を騙っているとしたら、どんな人間なのでしょうか」

「わかりません。ただ、崎田さまの名を騙ったとして、疑われない人物だと思います。つまり、崎田さまと歳の近い男ではないかと推察出来ます」

「なるほど」

「もちろん、崎田さまのことをよく知っている人間です。崎田さまの近しい者だと言ってもいいかもしれません」

「近しい人間……」

「ええ。さらにいえば、投げ文の脅迫状。あれは、崎田さまの名を騙った男が、あえて注意を促すために投げ入れた可能性もあります」

「なんですって」

新八は身を乗り出して、

「ひょっとして、栄次郎さんは誰かに心当たりがあるんじゃありませんか」

「あくまでも勘でしかないので、口には出来ないのですが、崎田さまの竹馬の友で、金子惣太郎という与力がおります。高積見廻掛かりだそうです。穏やかな人柄で、よく出来た人物という評判のようです」

「なるほど。そのような人物には裏があるのもよくあることですからね」

「まあ、最初から疑ってかかってはまずいことは重々承知しています。ですから、疑いを晴らす意味でも、金子どのの周辺を探ってもらいたいのです」

「わかりやした。やってみましょう」

「金子どのの顔はわかりますか」

「ええ、調べられます。屋敷の場所を調べて、屋敷を張っていれば金子さまが帰って来ます。それではさっそく」

新八は腰を浮かせた。

「もう行くのですか」

「ええ」

「夕餉をいただいていったらどうですか」

「いえ、崎田さまが怪我をなさっての留守中にご馳走になるわけにはいきません。それに、今から八丁堀に急げば、帰宅する金子さまに間に合うかもしれません。顔だけでも、拝んでおきたいですから」

「そうですか。すみません。忙しくさせて」

「いえ、とんでない。こういうのは好きなほうですから」

「でも、兄のほうの用は？」

「心配いりません。無事すみました」

「そうですか」

「では」

新八は部屋を出て行った。

結局、その晩も栄次郎だけが夕餉を馳走になった。

お秋がときおり憂いがちな顔を見せた。箸を持ったまま、思い悩んでいるようなので、

「お秋さん、どうかなさいましたか」

と、栄次郎は声をかけた。

はっと我に返ったようにお秋は微笑んで見せて、

「やっぱり、旦那がいないと寂しいものね」

と巧みに言い繕ったが、栄次郎はごまかされなかった。

孫兵衛のことを思い出しているとは思えなかった。ひょっとして、逢引き客の男を

気にしているのではないかと思った。

四

夕餉をとり終えて、栄次郎が帰って行った。

お秋は見送ったあと、居間に戻り、長火鉢の前に座った。そして、ふうとため息を漏らした。

お秋は最近、ときおり体の奥から何か突き上げてきたあと胸が締めつけられるようになる。そんなときは、あの男のことを思い出しているのだ。

名前は知らない。はじめて家に来たのは去年の暮れである。男は妾のような色っぽい年増《としま》といっしょだった。

男が土間に入って来たとき、てっきり栄次郎かと思った。栄次郎に備わっている気品のようなものはなかったが、雰囲気もよく似ていた。だが、町人姿であり、よくよく見れば、栄次郎とは違うが、はじめて見たときの衝撃は大きかった。

連れの年増は美人だが、気の強そうな目のつり上がった女だった。年齢はふたりとも二十五、六。女のほうが男を操っているようにも思えた。

ふたりは二階の奥の部屋に入った。これまで、逢引き客が部屋で何をしようが、嫉妬めいた感情を抱いたことはまったくなかったのに、栄次郎に似た男のことだけは別だった。あんな女といちゃついているのかと思うと胸が騒いでならなかった。

きょうは男が先に来て女を待っていた。すぐに、あの気の強そうな年増がやって来るものと思っていたが、いつになっても現れなかった。

ときおり、男が様子を見に、部屋から出て梯子段まで来ていた。お秋はその心細そうな顔が忘れられない。

そして、栄次郎が岡っ引きの磯平親分といっしょに家を出て行ったあと、男が梯子段を下りて来た。

「すみません。連れが来られなくなったみたいなので、私も引き上げます」

来てから一刻（二時間）以上、待っていたことになる。

お秋はなんと慰めていいのかわからず、

「日にちを間違えられたのでしょうか」

と、口にした。

「そうかもしれません。あっ、もし万が一、私が帰ったあとで、連れが参りましたら、ずっと待っていたとお伝え願えますでしょうか」

「はい。畏《かしこ》まりました」

「お願いいたします。では、失礼します」

そう言い、男は引き上げて行った。

その後、女は現れなかった。女にすっぽかされた男を哀れに思ったが、心の底ではほっとする気持ちがあった。

その夜、お秋はふとんに入っても、なかなか寝つけなかった。

旦那の崎田孫兵衛が重傷を負い、床に臥せっている。さらに、そのためにしばらく家に来ることも出来ない。

そのことを心配しなければならないのに、お秋はほとんど孫兵衛のことを思い出すことはなかった。脳裏を掠《かす》めるのはあの男ばかりである。

いったい、あの男は何者だろうか。商人のようだ。やさしい雰囲気から化粧品のような女物を扱う商売をしているのかもしれない。

女が日にちを間違えたとは思えない。きょう来られなくなったのは、家を出ることが出来ない状況に追いやられたのではないか。

ひょっとして、旦那に見つかったのかもしれない。そうだとすると、もう、あのふたりは会うことは叶わないだろう。

あんな女と別れられることは大歓迎だが、そうなると、この家にやって来ることもない。もう、あの男と会えなくなる。

そう思うと、胸の辺りに痛みが走った。


翌朝、少し寝坊した。

女中と下男が朝餉の支度をしていた。

お秋は神棚に水を取り替え、柏手《かしわで》を打ってきょう一日の無事を祈った。

それから、朝餉をとる。だが、あまり食欲はなかった。

「あら、まずいですか」

給仕をしている女中が窺うようにお秋の顔を見た。

「あまり食べたくないの」

お秋は箸を置いた。

「女将さん。お気持ちはわかりますが、食べないと体に毒です」

女中が心配して言う。

「あとでいただくわ」

「そうですか。わかりました」

女中は勘違いをしている。お秋の顔色が優れないのは旦那の崎田孫兵衛に会えないからだと思っているようだ。

昼過ぎに、客があった。

「あら」

雲間から陽光が射したように、お秋は目の前が明るくなるのを感じた。栄次郎に似た男が、やって来たのだ。

お秋は背後を窺った。続いて入って来る女はいなかった。

「連れはあとから来ます」

男は気弱そうに言った。

「わかりました。どうぞ」

動悸を押さえながら、お秋は二階の奥の部屋に案内した。

男は部屋の真ん中に座った。

「ただいま、お茶をお持ちいたします」

「すみません」

気のせいか、元気がないようだった。

きのう、女に連絡がついて、改めてきょうの逢瀬《おうせ》になったのだろう。それにしては、男の顔色が優れない。

階下に下り、女中が用意してくれた茶を持って、お秋は二階に行った。

そして、部屋の前に湯呑みを載せたお盆を置き、

「お茶を置いておきます」

と、襖の外から声をかけた。

中から、はいと返事があった。

お秋が梯子段の手前で振り返ると、お盆がなくなっていた。

それから、お秋は女がやって来るのを待った。来て欲しくないという気持ちが、心の片隅にあった。

四半刻(三十分)が経過し、さらに時間が経った。だが、女は現れなかった。

半刻(一時間)以上経ってから、梯子段の途中まで男が下りて来て、入口を気にした。お秋が目を向けると、あわてて戻って行った。

栄次郎が苦しんでいるようで、胸が潰れそうになった。

その栄次郎はきょうはやって来ない。調べごとがあると言っていた。孫兵衛を襲った賊の正体を探ろうとしているらしい。

お秋が矢内家に女中奉公に上がったのは十六歳のときである。そのとき、栄次郎は

まだ元服前の十二歳だった。

矢内家には六年間奉公した。嫁の話があり、奉公をやめたのだ。だが、ほんとうは一生奉公していてもいいと思っていた。

その間、お秋は栄之進と栄次郎兄弟の食事の支度や身のまわりの世話をしてきた。だが、やがてお秋には息苦しい日々がはじまるようになった。

みるみる大人びて、凛々《りり》しい若者に成長して行く栄次郎に、お秋の心が乱れるようになっていった。

いつまでも栄次郎のそばに仕えたいという思いの一方で、片恋の苦しさにあえいでいた。そんなとき、実家から嫁の話が持ち込まれたのだ。

お秋の実家は箕輪《みのわ》の百姓家で、今も両親は健在である。家は嫁をもらった兄が継いでいるが、父も野良仕事に出ている。

新堀村の庄屋の嫡男との縁談だ。一度、実家に帰ったとき、偶然、庄屋の息子がお秋をみかけて見初《みそ》めたらしい。この話にあっさり乗ったのは相手が庄屋の息子だからというわけではない。

その頃は、栄次郎の顔を見るのさえつらかった。だから、そこから逃げ出すように、話に乗ったのだ。

栄次郎は寂しがってくれた。兄の栄之進もやめないでくれと言った。だが、嫁に行くというと、お秋の仕合わせのためならと祝福してくれた。

こうして、お秋の実らぬ初恋は終わり、新堀村の庄屋の家に嫁に入った。

だが、待ち受けていた現実は過酷なものだった。嫡男の嫁ではなく、女中に過ぎなかった。朝早くから夜遅くまでこき使われた。

亭主になった長男は夜な夜な遊びに出かけた。そんな息子を、ふた親は咎《とが》めようともしない。

結局二年で、お秋は庄屋の家を出ることになった。

箕輪の実家に帰るわけにもいかず、木挽町《こびきちょう》にある料理屋に住込みの女中として働きだした。

そこで、崎田孫兵衛と出会ったのである。金もない出戻りの女には、もう妾の口しかなかった。その頃は、半ば自棄《やけ》っぱちな気持ちになっていた。

そして、浅草黒船町に大きな家を買ってもらった。行く行くは、小料理屋でもやりたいという望みがあったので、大きな家を望んでいたのだ。

その頃は、お秋はたくましくなっていた。孫兵衛に甘える術《すべ》を身につけていた。

妾暮しが続いていたある日、お秋は町中で偶然に栄次郎と再会した。

「お秋さん、お秋さんではありませんか」

栄次郎のほうがお秋のそばに駆け寄って来たのだ。眩しいまでに凜々しく気品のある男に、栄次郎はさらなる成長を遂げていた。

まるで生娘《きむすめ》のように顔を赤らめ、再会の感動に酔ったものだった。なつかしみながら、近況を語り合ううちに、栄次郎が三味線を弾ける場所がないのがつらいと話した。だったら、私の家をお使いくださいな、と勧めたのだ。

爾来《じらい》、栄次郎は二階のひと間を使っている。栄次郎には、崎田孫兵衛の妾になったことを正直に話しており、孫兵衛がお秋の家にやって来たときは、夕餉をいっしょにとるようにもなっていた。

毎日のように、栄次郎に会える。そのことだけでも、お秋には喜びだった。かなわぬ恋でも栄次郎の役に立てることが、お秋の生きがいでもあった。

だが、何かもの足らない感情が心のどこかにくすぶっていた。栄次郎にもっと甘えてみたい、栄次郎から可愛がってもらいたい。そんなことをふと思って胸を切なくすることがしばしばだった。

だから、栄次郎に似た男が現れたとき、胸が締めつけられたようになった。連れの女に嫉妬さえ抱いた。

だが、きのう、女は男をすっぽかし、きょうもまだ女は現れない。かれこれ一刻（二時間）になる。

梯子段に足音がした。男が下りて来たのだ。

「おかみさん。お酒をもらえませんか」

男が沈んだ声で言った。

「お酒ですか。はい、承知しました。すぐ、お部屋にお届けいたします」

お秋が言うと、軽く頭を下げて引き上げて行った。

すぐ長火鉢の銅壺《どうこ》で燗《かん》をし、徳利に移して簡単なつまみを添えて運んだ。

「お酒をお持ちしました」

「どうぞ」

中から声がした。

「失礼します」

お秋は襖を開けた。

男は部屋の真ん中でぽつねんとしていた。

お秋は中に入った。そばにお盆を差し出した。

「どうぞ、おひとつ」

お秋が猪口《ちょこ》を渡すと、男は黙って受け取った。

徳利をつまんで、お秋は酌をした。

男は立て続けに二杯呑んだ。

「まだ、いらっしゃいませんね」

踏み込んではいけないと思いつつ、お秋は口にした。

「もう来ないと思います」

男はぽつりと言った。

「来るとお約束したんでしょう?」

「ええ、きのうあれからこっそり会いに行きました。そしたら、旦那が帰って来たので出られなかったと言ってました。それで、きょうは間違いなく行けるということでした。でも、やはり、だめだったようです」

「旦那はどこかへ出かけていたんですか」

「ええ。商売で、旅に出ることが多いようです」

「さあ、どうぞ」

「すみません」

男は猪口を差し出した。

「もし、場所を教えてもらえれば、私がこっそり行って会ってきましょうか」

お秋はきいた。

「ほんとうですか。でも……」

「いえ、いいんですよ。お言いつけくだされば行って参りますよ」

「ありがとうございます。でも、もういいんです」

男は儚《はかな》い笑みを浮かべた。

「でも」

「じつは、私は小間物の行商をしています。あの女のひとはお得意さまです。たぶん、お妾さんだと思います。小間物を何度か売りに通っているうちに、半ば強引に誘われたんです。別に好きでもなかったひとなのです。これではいけないと思いつつ、ずるずる関係を続けてしまいました。いつ別れを告げようかと考えていたところなんです」

「そうだったんですか」

お秋は男の答えにほっとした。

なるほど、小間物屋なら女に誘惑されることはわかる。品物を買ってもらわねばならない弱い立場だ。

「たぶん、旦那に疑られたのかもしれません。嫉妬深く、乱暴な男だと言ってましたから、外出出来ないように部屋に閉じ込められているのかもしれません」

男はふと笑みを浮かべてから、

「それならそれでいいんです。このまま関係が断ち切れるなら願ってもないことです」

「よかったわ」

お秋は素直に口にした。

「よかった？　何がですか」

「いえ、なんでも」

お秋はあわてた。

「どうかおっしゃってください」

まじまじと男の顔を見る。確かに、目許は栄次郎にそっくりだ。栄次郎に問いかけられたような気になり、お秋は口を開いた。

「あの女のひと、気が強そうで、あなたにはふさわしくないと思っていたんです。だから、よかったと申し上げたんです」

「確かに、仰《おつしや》るとおりです。私もどうかしていたんです。単にお得意さまを失うというだけでなく、私も寂しかったんです。だから、あの女の誘いに負けてしまった。でも、今は、目が醒めました」

男は自嘲ぎみに言った。

「よかったわ」

お秋の胸に温かいものが広がった。

「ええ」

男は微笑んだ。

「あの、よろしかったら、お名前を教えていただけませんか」

「藤吉《とうきち》と申します」

「藤吉さんね。私はお秋です」

「お秋さんですか。ここに来てよかった」

藤吉は清々《すがすが》しい表情で言った。さっきまでの憂いに沈んだ顔の男とは別人だった。

「ごめんなさい。あまり、長居したら変に思われますから」

お秋は心を残しながら、部屋を出て行った。

それから四半刻後に、藤吉は引き上げて行った。

土間を出て行くとき、藤吉は振り返ってお秋に微笑んだ。お秋も微笑み返した。

五

その日の夕方、栄次郎は南町奉行所の番所櫓《やぐら》のついた長屋門が見通せる場所にいた。

七つ（午後四時）までの勤務であり、七つを過ぎ、ぼちぼちと平袴《ひらばかま》に肩衣《かたぎぬ》の継《つぎ》裃《かみしも》姿の与力が槍持《やりもち》や草履《ぞうり》取りなどを従えて小門から出て来た。

まだ、金子惣太郎の顔はなかった。が、それからほどなく、見覚えの顔が出て来た。

「来ました。あのお方です」

栄次郎は新八に教えた。

「なるほど。崎田さまと同い年ぐらいで、なんとなく同じような感じですね」

金子惣太郎も継裃姿で、槍持や草履取りなどを従えている。

惣太郎の一行が数寄屋橋《すきやばし》御門を渡ってから、新八も橋に向かった。栄次郎は少し遅れて出発した。

濠沿いから京橋川にかかる比丘尼《びくに》橋を渡り、河岸伝いに楓川に出た。まっすぐ屋敷に帰るらしく、今度は楓川沿いを北に向かい、途中、松平越中守《まつだいらえっちゅうのかみ》の屋敷前にかかる橋を渡って八丁堀に入った。

そのまま、まっすぐ自分の屋敷に到着し、冠木門《かぶきもん》を入って行った。

「金子は出かけるでしょうか」

新八が疑問を投げかけた。

「金子どのが崎田さまの名を騙って何かをしたとすれば、崎田さまが襲われたことで責任を感じているはず。金子どのなら、誰が襲わせたか想像がつくはずです。このまじっと何もしないとは思えません」

「そうですね。では、しばらく待ちましょうか」

「ええ」

それからしばらくして、金子が着流しに大刀を差して出て来た。

あとをつけると、孫兵衛の屋敷に向かった。

「見舞いのようですね」

責任を感じているのか、偽装のためか。金子は頻繁に孫兵衛の見舞いに行っているようだ。

金子は孫兵衛の屋敷に入って行った。門の内側には護衛の同心の姿があった。敵がこのまま孫兵衛を見逃すとは思えない。また、機会を狙って襲撃するだろう。そのことを警戒して、同心を交替で見張らせているのだ。

辺りはだいぶ暗くなっていた。

四半刻ほどで金子が出て来た。

自分の屋敷に戻らず、金子は霊岸島のほうに向かった。

「どこか行くようですね」

新八が歩きだして言う。

「金子さまは黒幕に心当たりがあるはずです。自分の蒔《ま》いた種ですから自分で摘み取ろうとしているのかもしれません」

「そうですね。じゃあ、あっしが先に」

「頼みます」

新八が着物の裾をつまんで金子のあとを追った。その新八を、栄次郎がつける。

霊岸島に渡り、金子はさらに日本橋川を渡って永代橋に向かった。夜の帳《とばり》が下り、永代橋から深川方面を望むと、町の明かりが点々と光っていた。

金子は永代橋を渡ってから佐賀町《さがちょう》のほうに足を向けた。そのまま突っ切り、油堀《あぶらぼり》川《がわ》を渡り、仙台堀《せんだいぼり》の手前にある今川町《いまがわちょう》の路地を曲がった。

小商いの店が並んでいる。金子はある商家の前に立った。すでに、戸は閉まっていた。

金子は戸を叩き、戸が開くと、中に消えた。

栄次郎は新八に追いついた。

「炭屋です。ここにどんな用があるんでしょうかねえ」

新八は首をひねった。

「金子さまは高積見廻掛かりですから、この炭屋が品物を通りに積んでいたので注意をしたことがあるのかもしれませんね」

そういうことがあったとしても、こんな時間に訪れるのも妙だ。それに、着流しに身なりを替えているというのは、与力としての来訪ではないということだ。

金子が出て来た。あわてて、暗がりに身を隠した。

金子はさらに先に進み、今度は酒屋に入った。まだ、酒屋は店を開いていた。明るい店先が見えるが、金子は奥に入って行ったので姿は見えない。が、ここではそれほどの長い時間はかからず出て来た。

それから、金子は町外れにある比較的大きな商家の前にやって来た。古着屋のようで、『松島屋』の看板がかかっている。

大戸は閉まっている。金子はその家のまわりを一周してから、来た道を戻って行った。

「おや、引き返して行きましたね。どうしますか」

新八は金子を気にしながらきいた。

「おそらく、あのまま引き上げるだけだと思います。それより、この古着屋にどんな用事があったのか。なぜ、訪ねなかったのでしょうね」

「ええ。不思議ですね」

新八は首を傾げてから、

「さっきの炭屋と酒屋に行って、金子さまの用事がなんだったのかきいてみましょうか」

と、きいた。

「そうしたいのですが、へたに接触したら金子さまに言いつけられてしまう可能性があります。まだ、金子さまに警戒されたくありません」

「それもそうですね」

「明日、『松島屋』のことを近所できいてみましょう」

隣り近所もすでに戸を閉めている。わざわざ、戸を叩いて呼び出すこともあるまいと思った。

「わかりました。でも、この古着屋、ちょっとおかしいですね」

新八が不審そうに言った。

「おかしいとは？」

「中が真っ暗ですぜ。留守なんじゃないでしょうか」

「留守？　しかし、主人一家が出かけていても、奉公人はいるんじゃありませんか」

「そうですね。栄次郎さん、ちょっと忍んでみましょうか」

盗っ人の足を洗った新八を、他人の家に忍び込ませることに抵抗があった。だが、この古着屋が気になる。

「盗みに入るわけじゃありませんから」

栄次郎の顔色を読んだように、新八は微笑んだ。

「わかりました。では、お願いします」

「へい」

新八は裏にまわった。塀によじ登り、物干し台に簡単に上がった。そして、二階の窓の雨戸を外し、屋内に忍び込んだ。

しばらくして、再び物干し台に新八の姿が現れたかと思うと、あっという間に地上に下り立った。

「やっぱし、留守でした。誰もいません」

「ひょっとして、もう誰も住んでいないのでは？」

「ええ。生活の匂いがありませんでした。しばらくは、この家にひとが住んでいないようです」

「そうですか」

何があったのかと、栄次郎は首を傾げた。

が、炭屋と酒屋のことでは、あることに思いついた。

「新八さん。炭屋と酒屋は、最近、この『松島屋』から炭や酒の注文があったかを確かめたのではないでしょうか」

「金子さまは、『松島屋』が留守の可能性を知っていたということですね」

「何かあって、『松島屋』の一家が別の場所に移った。その一家が戻って来たのか、どうかを確かめに来たのかもしれません」

金子惣太郎と『松島屋』にどのようなつながりがあるのか。そのことが大きな意味を持っているような気がした。

翌日、再び、栄次郎は新八と『松島屋』の前にやって来た。通りの両側に並ぶ店が商売をはじめているのに、『松島屋』の大戸は閉まったままだ。

栄次郎と新八は並びにある下駄屋に入った。

「その『松島屋』さんはお休みですかえ」

新八がきくと、主人らしい小肥りの男が、

「『松島屋』さんは二十日前に店を閉めましたよ」

と、答えた。

「何かあったんですかえ」

「ご存じじゃありませんか」

顔をしかめ、主人らしい男が声をひそめて言った。

「主人の益太郎《ますたろう》さんが内儀《おかみ》さんを殺して自害したんですよ」

「なんですって」

予想だにしないことだったので、新八は素っ頓狂な声を出した。

栄次郎も耳を疑った。

「いったい、何があったんでしょうか」

新八が痛ましげな表情できいた。

「わかりません。とても仲のいい夫婦に見えましたが、実際は違ったようです。内儀さんに男が出来たという噂もありました。それに、商売もうまく行っていなかったようですから、前途を悲観したのかもしれません。なにしろ、盗品を扱った疑いで、『戸締』の刑を受けて三十日間、商売が出来なかったんです。それから、刑が終わり、商売を再開しても、うまくいかなかったようです」

「そんなことがあったのですか」

　栄次郎は痛ましく聞いてから、

「益太郎さんはおいくつぐらいだったんですね」

　と、きいた。

「四十歳ぐらいでしょうか。内儀さんのおふみさんはまだ三十前の器量良しでした」

「家族は？」

「子どもはいませんでした。益太郎夫妻が死んで、番頭をしていた弟の益次郎《ますじろう》さんが店を引き継ぐという話を聞きましたが、益次郎さんはまだ店をはじめる気がないみたいですね。奉公人もやめさせたし」

「益次郎さんがどこに行ったかわかりませんか」

「いえ。知りません」

「内儀さんの実家がわかりますか」

「浜町河岸近くだと聞いたことがありますが、詳しいことはわかりません」

礼を言って、下駄屋を離れた。

「弟の益次郎に話を聞く必要がありますね。やめていった奉公人なら、何か知っているかもしれません」

「ええ。探してみましょう」

「私は、崎田さまに『松島屋』の件を聞いてみます」

それにしても、金子惣太郎は何しに『松島屋』にやって来たのか。ひょっとして、益次郎を訪ねて来たのでは……。

このことと、孫兵衛襲撃は関係あるのかないのか。栄次郎は大戸が閉まった『松島屋』を眺めながら、金子惣太郎の不可解な行動を考えていた。

第二章 恋 心

一

一月十六日は丁稚《でっち》奉公の藪入《やぶい》りで、主人から小遣いをもらい、親元に帰り、夕方までふた親や兄弟、親類などと過ごす。

浅草寺《せんそうじ》には遊びに来ている丁稚小僧が何人もいた。商家に奉公している丁稚小僧は年二回の藪入りのときしか親元に帰れなかった。遠国《おんごく》から奉公に来ている小僧たちは親元に帰ることは出来ない。

お秋は矢内家に女中奉公に上がっていた頃のことを思い出した。矢内家では、ときたま、お秋を実家に帰してくれ、必ず一晩泊まりを許してくれた。

観音様にお参りする丁稚小僧を見ながら、女中奉公をしていた頃のことが懐かしく思い出された。

観音様にお参りを済ませてから、お秋は黒船町の家に戻った。

ふと、家から少し離れた場所に男が立っているのに気づいた。男が気配に気づいて顔を向けた。

あっと、お秋は短く声を上げた。藤吉だった。

小走りに、お秋は藤吉のそばに駆け寄った。

「藤吉さん」

「ちょっと近くまで来たものですから」

藤吉ははにかみながら言った。

「うれしいわ。もう、会えないんじゃないかって思ってたから」

お秋は素直に喜んだ。

「お寄りになりません?」

お秋は誘ったが、藤吉は遠慮した。

「でも」

「おいや?」

「違うんです。もし、よろしかったら、他の場所で?」

「えっ？」

お秋はどきっとした。

「すみません。ご迷惑ですよね」

「そんなことないわ。行きます。どこへ？」

「じゃあ、四半刻（三十分）後に、今戸橋《いまどばし》の袂《たもと》ではいかがですか」

「ええ、よくてよ」

お秋は弾んだ声で応じた。

「じゃあ、あとで」

藤吉が去って行った。

顔が熱くなり、動悸が激しくなった。

夢心地で、お秋は家に戻り、急いで白に薄い梅の花模様をあしらった正絹《しょうけん》の着物に着替え、女中にちょっと知り合いのひとのところに出かけて来ると嘘を言い、そわそわと家を出た。

途中、駒形堂の前で手を合わせて、吾妻橋《あづまばし》の袂から花川戸《はなかわど》を抜けて今戸橋までやって来た。

橋の袂に、藤吉が立っていた。

お秋は駆け寄った。

「だいじょうぶでしたか」

「ええ」

どちらからともなく、橋を渡りだした。何か、藤吉と未知の場所に足を踏み入れるようなときめきがあった。

「あなたにお礼が言いたかったのです」

藤吉がいきなり言った。

「お礼？」

お秋は目を丸くした。

「あなたに救われました。ほんとうは、あんな女とは別れたかった。でも、いざ、別れるとなると、なんだか寂しくなって。でも、あなたがいてくれたから……」

藤吉は恥ずかしそうに言った。

「私、何もしていないのに。でも、うれしい、そんなふうに言ってくれて」

胸を熱くしながら、お秋は藤吉について行く。

大きな寺の前の土産物の店先に、五重塔や狸などの今戸人形が並んでいた。右手に、料理屋が出て来た。

「そろそろ、お昼になります。お腹空きませんか」

藤吉がやさしくきく。

「まだ、だいじょうぶです。もう少し、歩きたいわ」

「わかりました」

こうやって藤吉と歩いていると、どこか遠いところに行くような気がしてきた。もう、二度とは引き返せないところに向かっているようでもあった。

橋場《はしば》にやって来た。

「ここまで来たのですから、真崎稲荷《まさきいなり》まで行きましょう。だいじょうぶですか」

藤吉はいたわるように言う。

「はい。だいじょうぶです」

お秋は初《うぶ》な生娘のように答える。こんな昂《たかぶ》った気持ちになるのははじめてかもしれない。最初は栄次郎に接しているような喜びを感じていたが、いつしか藤吉本人に好意を抱いている自分に気づいた。

真崎稲荷の鳥居をくぐり、社殿に手を合わせてから、境内の裏手にある料理屋に入った。二階の窓から大川が望め、都鳥《みやこどり》が舞っていた。

鯉こくや天ぷらを注文し、酒を頼んだ。

「藤吉さんのこと、知りたいわ」

ほんのりと頰を染め、お秋はきいた。

「私は稲荷町の与兵衛店《よへえだな》に住んでいます。小間物の行商で、あちこちを歩いています。

いつか、自分のお店を持ちたいと思っているんです」

藤吉は自分のことを遠慮がちに話した。

「おかみさんは?」

お秋はおそるおそるきく。

「とんでもない。独り身です」

「そう」

独り身ときいて、胸が轟《とどろ》いた。

「今度はあなたのことをきかせてください」

藤吉が逆にきいた。

「私は……」

お秋は言いよどんだが、

「兄の世話で、あの家に住んでいるんです」

「お兄さん?」

「ええ。母親は違いますけど」

微かに胸が痛んだ。

「そうですか」

藤吉は疑うことなく真《ま》に受けた。

「さあ、どうぞ」

お秋は酒を勧めた。

「お秋さんも」

差しつ差されつしているうちに、いい気分になって来た。

「お秋さん」

いきなり、藤吉がお秋の手をとった。お秋ははっとした。

「いけないわ」

手を握られたまま、お秋は俯《うつむ》いた。動悸が激しく、心《しん》の臓が口から飛び出しそうになった。

藤吉が迫った。お秋は身を固くした。

「いけません」

お秋の弱々しい声を聞き流し、藤吉はお秋の肩を抱き寄せた。

瞬間、栄次郎の顔が過《よぎ》り、続いて崎田孫兵衛の顔が脳裏を掠めた。

「お秋さん」

背中にまわした藤吉の手に力が入ったとき、障子の外で女中の声がした。藤吉はあわてて離れた。

声はそのまま部屋の前を過ぎて行った。だが、廊下がざわついている。新たな客が隣りの部屋に入ったようだ。

「出ましょうか」

藤吉が熱い眼差しを向けて言った。

はいと、お秋は頷いた。

外に出ると、火照《ほて》った顔に冷たい風が気持ちよかった。大川の辺《ほとり》に出て、自然とお秋は藤吉に寄り添った。

「お秋さん。これからどこかへ行きませんか」

「どこか?」

藤吉の燃えるような目に遇《あ》い、お秋の身内が震えた。どこかというのが、出合茶屋のようなところだとわかった。

「きょうは早く帰らないと」

お秋は逃げるように言った。

「では、明日は？　明日がだめなら明後日《あさって》」

藤吉の若々しい押しの強さが、お秋には心地好かった。

「明後日。いえ、明日で」

まだ、心の準備が出来ていないのと、すぐに男を受け入れるような女っぽい女と思われたくないという気持ちもあった。だが、明後日まで待てないだろうと思った。

「明日？　ほんとうですね。ほんとうに明日」

藤吉はうれしそうに声を弾ませた。そんな藤吉を可愛いと思った。

「亀戸《かめいど》に行ってみましょう。そうだ。梅屋敷に行きませんか。梅はまだ早いでしょうか」

「わかりました。明日で」

「ほんとうですよ」

「はい」

「そのときはきっと」

藤吉ははにかみながら言葉を切った。

「きっと？」

お秋は問い返す。

「いえ、なんでもありません」

あわてて、藤吉はごまかした。

強張った顔で、藤吉の言いたかったことに気づき、お秋も顔を赤らめた。

ふたりは今戸橋を渡り、来た道を逆に辿って駒形堂までやって来た。

「では、ここでお別れします」

藤吉が鳥居の前で立ち止まった。

「はい」

「明日。吾妻橋の袂で朝の四つ（十時）に」

藤吉が念を押した。

「わかりました」

お秋は微笑みを返してから、背中に藤吉の視線を感じながら、黒船町の自分の家に帰った。

家の前にやって来ると、三味線の音がしなかった。栄次郎は来ていないのか。

土間に入ったが、栄次郎の草履はなかった。

「栄次郎さんは来てないのね」

お秋は女中に確かめた。

「はい。お見えではありません」

「そう。ごくろうさま」

なぜかほっとして、お秋は居間に戻った。

着替えるのを忘れ、長火鉢の前で座り込んだ。まだ、昂奮を引きずっている。まさか、藤吉と親しくなるとは思いもしなかった。

明日、藤吉と亀戸に出かければ、きっと何かが起こるに違いない。その何かを期待している自分がいる。

だが、お秋は藤吉に嘘をついている。孫兵衛のことだ。妾であることを隠した。そのことが心の重荷になった。

幸い、孫兵衛は怪我をして身動き出来ない状態だ。したがって、しばらくここには顔を出せないはずだ。

しかし、二カ月後か三カ月後には傷は完治し、またここに通って来るようになる。

藤吉に嘘をついていることも心苦しい。

それより、世話になっている孫兵衛を裏切ることも心苦しさを覚える。栄次郎にもこのことは言えない。

そう思いながらも、脳裏に藤吉が浮かんで離れない。抱きしめられたときの藤吉の温《ぬく》もりが生々しく蘇る。

お秋は何度もため息をついた。

ふと、お秋は顔を上げた。あの女はこれからどうするのだろうか。旦那に外出をとめられたから待ち合わせの場所に来られなかっただけで、また旦那の目を掠めて藤吉を誘惑しにかかるかもしれない。

そう思うと、落ち着かなくなった。もう、孫兵衛への気遣いはどこかへ飛んで行って、藤吉のことが心配になっていた。

「女将さん」

呼びかけられて、はっとした。

障子を開けて、女中が顔を覗かせた。

「なんだえ」

「はい。磯平親分が栄次郎さんを訪ねてお見えなんですけど」

「磯平親分が？」

お秋は土間に出て行った。

「これは女将さん。もうしわけありません」

磯平が会釈をした。

「親分。きょうは栄次郎さんは来ていないんですよ」

「へえ。そうですってね。今、女中さんから聞きました。じつは、栄次郎さんにお言《こと》づけを願いたいと思いましてね。いえ、明日でも見えたときに伝えていただければ結構なんで」

「わかりました。なんですね」

「じつは、崎田さまを襲った賊に似た浪人を見つけました。で、遠くからでも、見ていただきたいと、そうお伝えください」

「まあ、兄さんを襲った男が？」

お秋は平然と兄だと言った。

「まだ、そうだと決まったわけではありませんが」

「わかりました。お伝えしておきます。で、親分さんはどこに？」

「明日の夕方にでも、こちらに参ります」

そう言い、磯平は引き上げて行った。

ひとりになると、お秋は再び、藤吉の顔が脳裏を掠め、胸を締めつけた。

二

その日の夕方、栄次郎は崎田孫兵衛の屋敷を訪れた。

すぐに、孫兵衛の病床に通された。孫兵衛は目を開けていた。

「お顔の色もだいぶよくなりましたね」

栄次郎は孫兵衛の顔を見た。

「うむ。経過はいい」

「よございました」

栄次郎は安心してから、

「少し、お訊ねしたいことがあります」

と、切り出した。

「なんだ?」

「深川の今川町に『松島屋』という古着屋があります。そこの主人の益太郎が妻女のおふみを殺し、自害したという事件があったそうです。ご存じでしょうか」

「うむ。そのような報告を受けた覚えはある。それが何か」

孫兵衛は仰向けの顔の目を向けた。

「益太郎が妻女を殺した理由はなんだったのでしょうか」

「確か、妻女に間男《まおとこ》がいたという話だった」

「その間男についてはわかっているのですか」

「いや、わからない。ふたりとも死んでしまい、誰かはわからずじまいだったようだ。まあ、亭主が妻女を殺して、自害したことは明らかだから、あえて間男の詮索はしなかったのであろう」

「そうですか」

栄次郎は迷ったが思い切って口にした。

「この事件に、金子さまは絡んでいたのでしょうか」

「惣太郎が？」

孫兵衛は厳しい顔をした。

「ちょっと起こしてくれ」

「だいじょうぶですか」

「心配ない」

栄次郎は枕元に近付き、肩に手をかけて、孫兵衛を抱き起こした。そして、羽織をかけてやる。

「惣太郎が何をしたというのだ？」

孫兵衛が怒ったようにきく。

「いえ。念のために調べているだけです」

「疑うべき何かがあるから、調べているのであろう。何を疑っているんだ？」

力むと激痛が走るのだろう、孫兵衛は顔をしかめた。

「金子さまにご不快な思いを与えてはまずいので、どうか内密にしていただけますか」

「心配ない。それに、こんなことは言えるはずもない」

孫兵衛は強く言った。

「じつは、昨夜、金子さまのあとをつけました」

「なんだと」

また激痛が走ったようで、孫兵衛はうっと唸った。

「崎田さま。落ち着いてお聞きください。あくまでも念のために調べているだけです。その結果、疑いが晴れればそれで結構なことだと思いますので」

「しかし、あとをつけるのはやりすぎだ」

孫兵衛は憤然と言った。

「申し訳ございません。なんとか、崎田さまを襲った賊を見つけ出したい一心でして」

「まあよい。で、惣太郎はどこへ行ったのだ?」

「今話した古着屋の『松島屋』です」

「………」

「ただ、『松島屋』はまだ店を閉めたままで、無人でした。その前に、炭屋と酒屋に寄って、最近『松島屋』から注文があったかをきいています」

「惣太郎が、なぜ……」

孫兵衛は不可解そうに顔をしかめた。

「金子さまは高積見廻として『松島屋』と接触することはありえますか」

栄次郎は確かめた。

「それはある。惣太郎は仕事熱心で同心だけに任せず自分でもよく見廻っているようだ。高積見廻は商家との接触も多い。当然、『松島屋』とも顔見知りになっておろう」

「すると、『松島屋』の事件について何か知っている可能性もありますね」

「さあ、どうかな」

孫兵衛は顔をしかめた。今度は傷が痛んだようだ。

「どうぞ、横におなりください」

「うむ」

再び手を貸してやり、孫兵衛を横にさせた。

「あの界隈を見廻っている定町廻りは、高瀬文之助《たかせふみのすけ》という男だ。高瀬が調べたはずだから、高瀬にきけば詳しいことはわかる」

「高瀬さまはどのようなお方でしょうか。そのことを調べていることが、金子さまに筒抜けになるようなことは？」

『松島屋』のことを訊ねるからには、ある程度わけを話さなければならない。高瀬文之助が信頼のおける同心かどうか。

「高瀬は口が堅い。念を押せば、心配ない」

「そうですか。わかりました。高瀬さまに会ってみます」

「わしからだと言えばいい。住まいは松平越中守さまのお屋敷の近くだ」

「ありがとうございます。では、さっそく」

栄次郎が腰を浮かしかけたとき、

「どうだ、向こうは？」

と、心配そうにきいた。

栄次郎は再び腰を下ろし、孫兵衛の耳許に口を近付け、

「お秋さん。なんだか元気がありません。寂しそうでした」

と、お秋の様子を語った。

「そうか。寂しい思いをさせてしまっているな」

「何か言伝《ことづ》てでも？」

「わしも会いたがっていたと伝えてくれ」

「何か理由を考えて、お秋さんをここに連れて参りましょうか」

「いや。まずい。うちのは勘の鋭い女だ。危ない真似はしないほうがいい」

「わかりました」

確かに、孫兵衛の妻女は聡明な顔立ちであり、勘も鋭そうだった。もし、妻女から
いろいろ質問されたら、お秋はあっさりぼろを出してしまいそうだ。

「では、また、参ります」

「うむ。よろしくな」

「はい」

栄次郎が立ち上がったとき、妻女がやって来た。

「あら、もうお帰りですか」

「はい。崎田さまにいろいろご指示をいただきましたので、さっそくとりかかろうと思います」

栄次郎は少し緊張して答えた。

「そうですか。たまには、あなたとゆっくりお話がしたいと思っていたのですが。では、後日ということにしましょう」

「はい」

どういう知り合いかを訊《たず》ねられたら返答に困る。歳の離れた八丁堀与力の孫兵衛と御家人の次男坊との接点をどう説明するか。怪しまれるだけだ。

栄次郎は逃げるように孫兵衛の屋敷を出た。

黄昏《たそがれ》にはもう少し間があった。まだ、高瀬文之助は屋敷に帰っていないだろう。

栄次郎は茅場町の薬師堂に行ってみた。

縁日には植木市が立ち、たくさんのひとが押しかけて賑わうが、今はひっそりとしていた。それでも、病気回復の祈願なのか、何人かの参拝客がいた。

辺りが薄暗くなってから、栄次郎は薬師堂を出た。

松平越中守の屋敷の近くで、通りがかりの中間《ちゆうげん》らしい男に高瀬文之助の屋敷を訊ねた。中間は屋敷のそばまで案内してくれた。

与力の屋敷とは違い、木戸門である。栄次郎は門を入り、玄関に立った。

「お頼みいたします」

栄次郎は奥に呼びかけた。

すると、元服して間もないぐらいの若い男が出て来た。息子であろう。

「私は矢内栄次郎と申します。崎田孫兵衛さまに世話になっている者です。高瀬文之助さまはお帰りでしょうか」

栄次郎は用件を述べた。

「はい。父は先ほど、戻りました。少々、お待ちください」

息子はきびきびした態度で奥に向かった。

やがて、がっしりした体格の男が現れた。常着に着替えている。四十歳前後か。穏やかな顔立ちだが、目付きは鋭い。

「私に用とは？」

文之助は訝しげにきいた。

「じつは、崎田さまからお伺いしてきました。深川の今川町にある『松島屋』の事件のことでお訊ねにあがりました」

不審そうな表情をしたが、

「まあ、お上がりなさい」

と、文之助は招じた。

玄関脇の小部屋に通され、文之助と差し向かいになった。さっきの息子が手焙りを持って来れくれた。

「『松島屋』の件の何を？」

文之助はきいた。

「主人が妻女を殺して自害したと聞きました。いったい、何があったのか、教えていただきたいと思いまして」

「なんのために？」

「崎田さまが襲われた件で、ちょっと気になることがあり、調べていたところ、『松島屋』のことを知りました。念のために、どういう事件だったか知りたいと思ったのです」

栄次郎はある程度の手の内を晒した。

「崎田さまの件に絡んでいる可能性があるとは思わないが……」

文之助は難しい顔をして、

「じつは『松島屋』の主人の益太郎は商売に夢中になっている間に、妻女に男が出来たのだ。そのことを知った益太郎はかっとなって、妻女を殺し、自分は首をくくった」

「妻女の男というのはわかっているのですか」

「いや。見つからなかった。ほんとうに、そんな男がいたのか。益太郎の思い過ごしだったかもしれない」

「商売がうまくいっていなかったようだと近所のひとが言ってましたが？」

「『松島屋』は盗品を扱っているのではないかという疑いがあった」

「盗品ですか」

「そうだ。じつは、佐野から商用で江戸に出て来た男が、母親の形見の振袖を着ていた娘を見つけ、父親に問いただしたところ『松島屋』から買ったものだとわかった。それで、奉行所に訴え出た。一年ほど前に、盗まれた着物だった。大事なものなので、男は江戸に来るたびに古着屋を探し回っていたそうだ。訴えを受けて、主人の益太郎を追及した。はじめて取引をする仲買人から買ったので盗品とは知らなかったということで、与力の金子さまのお口添えもあり、疑いは晴れた」

「金子さまですって？　金子惣太郎さまですね。どうして、金子さまが？」

「高積見廻掛かりだからな。その関係で、『松島屋』にも出入りをしているのだ」

皮肉そうに、文之助は唇を歪めた。文之助の笑みを栄次郎は察した。金子惣太郎は『松島屋』から付け届けをもらっているのだろう。

「だが、『松島屋』は被害者でもあるが、盗品を扱っていたのは事実ということで、亭主の益太郎には三十日間の『戸締』の刑が科せられた。その間に、妻女が浮気をしたというのだ」

「そういうことですか」

栄次郎は頷いてから、

「益太郎には益次郎という弟がいたそうですね」

と、きいた。

「そう。益次郎は番頭をしていた」

「『松島屋』を継ぐのは益次郎ではないのですか」

「さあ、どうかな。事件のほとぼりが冷めるまで、商売をはじめられないのだろう。だが、もうそろそろはじめる準備はしてもよいように思えるが」

『松島屋』の事件に孫兵衛が関わっているとは思えない。ただ、気になるのは、金子惣太郎の口添えだ。それによって、『松島屋』は難を逃れたのだ。

「『松島屋』はほんとうに盗品だと知らなかったのですか」

　栄次郎は確かめるようにきいた。

「どういうことだ？」

「仮の話ですが、『松島屋』は盗品を承知で仕入れていたという可能性はないのでしょうか」

「何か、そのような疑いがあるのか」

　文之助の目が光った。

「いえ。そういうわけではありません。なぜ、『松島屋』を再開しないのか、そのわけが気になったものですから」

　盗品を売りさばく拠点が『松島屋』ではなかったのか。再開出来ない理由がそこにあるのではないか。そう勝手に推測しただけで、なんら根拠があるわけではなかった。

「金子さまのお口添えがあってから手を引いて、『松島屋』を深く調べていないが、金子さまの見立てに間違いはなかろう」

　あえて、そのことから遠ざかろうとしている気がした。

「もし、金子さまの口添えがなかったら、もっと調べていたのですね」

栄次郎は突っ込んできいた。

文之助からすぐに返事がなかった。

「調べても、結果は同じだったろう」

文之助はあいまいに答えた。

「それから、『松島屋』の妻女の実家の場所はおわかりになるでしょうか」

「富沢町《とみざわちょう》の浜町堀に近いところだ」

「わかりました。ありがとうございました」

「うむ」

「このことは、金子さまには内聞にお願いしたいのですが」

「わかっている。心配いたすな」

文之助は請けあった。

栄次郎は、文之助の屋敷をあとにした。

翌朝、栄次郎は明神下の長屋に、新八を訪ねた。

新八は、煙管《きせる》の灰を灰吹に落としてから、栄次郎を迎えた。

「どうぞ、お上がりください」

栄次郎は大刀を腰から外して、部屋に上がった。火鉢の火がほんのりと温かかった。

「何かわかりましたか」

栄次郎はさっそくきいた。

きのう近所や仕入れ先や得意先に、新八は『松島屋』のことを聞いてまわったのだ。

「ちょっと妙な噂を耳にしました」

新八が声を落として切り出した。

「『松島屋』は盗品の古着を売っていたらしいという噂でした」

「そうですか。で、その信憑性は？」

「以前に取引をしていた問屋の番頭が言うには、一年前ほど前から、『松島屋』は新しい仲買人を通して、桐生《きりゅう》のほうの問屋から品物を仕入れるようになったそうです。そこから、盗品をつかまされたのではないかと言ってました」

「じつは、同心の高瀬文之助どのからも、そのようなことを聞きました」

栄次郎は文之助から聞いた話をした。

「そうですか。『松島屋』が盗品騒ぎのあとから、商売がうまくいかなかったのは、盗品を扱えなくなったからだと番頭は言ってました」

新八は続けた。

「とにかく『松島屋』はいいものを安く売っているので有名だったそうです。だから、客がついたのですが、盗品疑惑の発覚以降、安売りが出来なくなった。すると、いっきに客足が遠のいたということです」

「それで、商売が傾いたというわけですか」

「そうです。問屋の番頭の話を聞いていると、『松島屋』は盗品だと承知して品物を仕入れて安売りしていたという印象でした。でも、益太郎は罰を受けなかったのが不思議だと番頭は言ってました」

「そのことですが、高瀬どのの話では金子さまが口添えをし、主人の益太郎も被害者だということで収まったそうです」

「金子さまが口添えしたというのですか」

新八が疑わしそうな目をした。

「ええ。このあたりに何かありそうですね」

「ひょっとして、内儀の間夫《まぶ》ってのは……」

さすがに証拠がないので言葉を濁したが、新八の言いたいことはわかった。

「その可能性は高いと思います」

金子惣太郎は付け届けだけではなく、内儀にも触手を伸ばしたのではないか。それを条件に、罪を見逃すようにすると。

ただ、関係は一度だけでは終わらなかった。その後も、続いた。そのことを知った益太郎は怒り狂い、妻女を殺して首をくったのではないか。

「でも、どうして、崎田さまを恨んでいるのでしょうか」

新八が疑問を呈した。

「おそらく、金子さまは、こう言ったのかもしれません。『私は筆頭与力の崎田孫兵衛とは懇意の仲だ。崎田どのに頼めば事件をもみ消せる』と。だが、金子さまは自分で高瀬どのと話をつけた」

「益太郎は、崎田さまに助けてもらったと思い込んでいたというわけですね」

「そうです。そして、妻女の様子がおかしいと気づいて、益太郎は金子さまに問いつめた。そのとき、金子さまは崎田さまが内儀と懇《ねんご》ろになっていると話した」

「なんて奴だ」

新八が憤慨した。

「いや、あくまでも私の想像です。証拠があるわけではありません」

「いえ。そうに決まっています」

新八は言い切った。

「まず、そのとおりか確かめることが先決です。そのためにも、どうしても益次郎に会わなければなりません」

「ええ。いったい、どこに隠れているのか」

「私は妻女の実家に行ってみます。新八さんは『松島屋』の奉公人を探してくれませんか。奉公人なら何か知っているかもしれません。それから、金子さまも益次郎を探しているのに違いありません」

「わかりました。金子さまの動きも見張っておきます」

栄次郎と新八はいっしょに長屋を出た。

夕方に、お秋の家で落ち合うことにし、柳原通りの途中で新八と別れ、栄次郎は浜町堀に向かった。

富沢町にある益太郎の妻女おふみの実家である瀬戸物屋を訪ねた。店先には七輪、すり鉢、土瓶などが並んでいる。

「ご主人にお会いしたいのですが」

栄次郎は店先にいた奉公人ふうの若い男に声をかけた。

「はい。少々、お待ちください」

若い男は奥に引っ込んだ。

すぐに、三十半ばぐらいの男が出て来た。

「手前が主人の浩太郎《こうたろう》でございますが、どのような御用で？」

窺うような目を向けて、男が言う。

「『松島屋』さんの内儀のおふみさんの？」

栄次郎は確かめた。

「おふみの兄ですが」

浩太郎は警戒ぎみに答えた。

「私は矢内栄次郎と申します。益太郎さんとおふみさんのことでお話を伺い出来たらと思ったのですが」

「話と仰いますと」

きき返してから、すぐ気づいたように、

「どうぞ、こちらに」

と、店の中を通って奥に案内してくれた。

台所の隣りにある小部屋だ。

差し向かいになってから、栄次郎は切り出した。

「なぜ、益太郎さんとおふみさんの間にあのような不幸なことが起こったのでしょうか」

「失礼ですが、どのようなわけで、それをお調べなのですか」

浩太郎は不審そうにきいた。

「じつは先日、八丁堀の与力が何者かに襲撃されました。その背景に、おふたりの不幸な事件があるのではないかと思って調べているのです。私は、その与力と親しくさせていただいている者です」

「まさか」

浩太郎は意外そうな顔をした。

「まだ、はっきりそうだというわけではないのです。あのおふたりの間に何があったとお思いですか」

浩太郎は俯いた。

「奉行所の調べでは、おふみさんに男が出来たのを嫉妬して、益太郎さんが無理心中を図ったということですが」

「私もそう聞いています」

「おふみさんに男がいたのはほんとうなのでしょうか」

「信じられません。おふみは、益太郎さんのことを好いていましたし、益太郎さんだってそうです」

浩太郎は厳しい顔で答えた。

「益太郎さんが、盗品を扱ったことを知っていましたか」

「知りませんでした」

「益太郎さんに益次郎という弟がいるそうですね。益次郎さんのことはご存じですか」

「何度か会ったことはあります」

「どんなお方ですか」

「なかなか遣り手です。『松島屋』は益次郎さんが取り仕切っているようなところもありました。益太郎さんはどちらかというと、おとなしくやさしいひとで、商売人として益次郎さんのほうが向いていたのかもしれません。ただ、益次郎さんは、そんな益太郎さんが好きなようでした」

「兄弟仲はよかったのですね」

「ええ、益次郎さんは兄思いでした。幼いときにふた親を亡くし、兄の益太郎さんが必死で働いて六つ違いの弟を育てた。だから、益次郎さんは益太郎さんにとても感謝をしていました」

「そうでしたか」

浩太郎の話の中で、やはり気になったのは『松島屋』は益次郎さんが取り仕切っているということだった。

盗品を扱ったのは、益次郎の考えだったのかもしれない。

「今、益次郎さんがどこにいるかわかりませんか」

「女のところかもしれませんね」

「益次郎さんに女がいたのですか」

「女といっても、岡場所の女ですよ。益次郎さんは独り身で『松島屋』に住み込んでいましたが、ときたまどこかに泊まりに行っていたそうです。どこかの遊女屋に馴染みの女がいるようだと、おふみが言っていました」

「その遊女屋がどこかわかりませんよね」

「ええ、わかりません」

「そうですか。最後に、ひとつだけ。『松島屋』は閉まったままですが、この後、どうするのでしょうか」

「益次郎さんが立て直すことになると思いますが……」

自信なさそうに、浩太郎は答えた。

「益太郎さんとおふみさんのお墓はどこですか」

「深川の正覚寺《しょうかくじ》です」

栄次郎は礼を言って立ち上がった。

益次郎の行方はわからない。金子惣太郎も益次郎を探しているのに違いない。

そこから、鳥越の師匠のところに行き、稽古をつけてもらってから、栄次郎は浅草黒船町に向かった。

お秋の家の土間に入ると、女中が出て来た。

「いらっしゃいまし」

女中が元気のいい声で栄次郎を迎えた。

「女将さん。きょうはお出かけなんです」

「ほう、珍しいですね」

「知り合いの家で用事があるそうです。夜は遅くなるかもしれないと仰ってました」

「わかりました。二階、使わせていただきます」

栄次郎は梯子段を上がった。

二階の小部屋に落ち着く。お秋の知り合いとは誰だろうか。孫兵衛が来られない間、のんびり羽を伸ばしているのかもしれない。

栄次郎は三味線を出して稽古をはじめた。

きょうは逢引き客がいないので思う存分に弾くことが出来た。

七つ（午後四時）過ぎに、新八がやって来た。

「ごくろうさまです」

栄次郎は三味線を片づけ、新八と対座した。

「何かわかりましたか」

「いえ。だめでした。奉公人だった人間をふたり見つけてきいたのですが、益次郎の行方は誰も知りません。ただ、気になったのは、商売はほとんど益次郎がやっていたようで、主人の益太郎は益次郎の言いなりだったと、ふたりとも口を揃えて言っていたことです」

「そのことは、おふみの兄も言ってました。どうやら、『松島屋』は益次郎が動かしていたようですね。ただ、益次郎は兄にとって代わろうとは思っていなかったようです。『松島屋』を繁盛させようとしたのも、兄のためだったようです。益次郎からは、異常なほどの兄弟愛が浮かび上がって来ます」

「やはり、益次郎が殺し屋を？」

「そう思います。兄を自害に追い込んだおふみの間夫に対する復讐でしょう」

梯子段を駆け上がる足音がした。お秋ではない。

「栄次郎さま」

廊下から声がかかった。

「どうぞ」

障子が開いて、女中が顔を覗かせた。

「磯平親分がお見えです。そういえば、きのうもお見えになっていました。女将さんに、出直すと言ってました」

「そうだったのですか。わかりました」

新八を残し、栄次郎は部屋を出た。

階下に行くと、土間で岡っ引きの磯平が待っていた。

「矢内さま。ちょっとお願いがあるんですが」

磯平がさっそく切り出した。

「なんでしょうか」

「崎田さまを襲った賊に似ている浪人を見つけたんです。見てもらいたいと思いまし

「それはいいのですが、顔を見たわけではありません。でも、賊であれば、何か気がつくこともあるかもしれませんね。で、どこに行けば？」

「深川の菊川町にある一軒家に、三人の浪人が住んでいます。岩城万蔵《いわきまんぞう》、万次郎《まんじろう》兄弟に、袋田三郎《ふくろださぶろう》。この岩城兄弟が矢内さまが見かけた賊に背格好が似ています」

「この三人は何をして生計を立てているんですか」

「用心棒をしたり、あるいは、ゆすり、たかりの類《たぐい》のことをしたりしています」

「そういう連中を取り締まれないのですか」

「それが、被害に遭った者が後難を恐れて訴え出ないのです。なにしろ、ゆすり、たかりをするのは、いつも岩城兄弟だけです。訴えて兄弟を捕まえても、袋田三郎が後ろに控えているのです」

「なるほど。袋田三郎が仕返しをするというわけですか」

「そうです。奴らはそういうことを心得てやっています。それに、袋田三郎は巨軀で、獰猛《どうもう》な顔をしているんです。その存在だけでも、ふつうの者は震え上がってしまいます」

「厄介な連中ですね」

「ええ。町の連中は触らぬ神に祟《たた》りなしっていう感じでして」

「わかりました。その連中に会ってみましょう」

「いえ、遠くから見るだけで結構です。万が一、違っていたら、あとが厄介ですから」

「ともかく、行ってみましょうか」

栄次郎はこれからでも行くつもりになった。だが、磯平は手を横に振った。

「奴らは逃げる心配はありませんから、急がなくてもだいじょうぶです。それに、夜はたいていどこかの呑み屋で騒いでいます。喧嘩相手を見つけようと手ぐすね引いているようなところもあります」

「かえって好都合かもしれませんよ」

「いえ。ただ、賊かどうかを確かめていただきたいだけですから、昼間の明るいところで見たほうが」

磯平は怖じ気《おけ》づいているようだった。

「わかりました。では、明日行って来ます。それから、私ひとりのほうがいいでしょう。親分がいっしょだと相手を刺激してしまいかねませんから」

「へえ」

そう願いたいという気持ちが顔に現れていた。

「場所を教えていただけますか」

「いいんですかえ」

磯平は期待するようにきいた。

「ええ。任せてください」

「そうですか。では、そう願います。菊川町一丁目で二丁目との境にあるしもた屋です」

「わかりました。じゃあまた、夕方にでもこちらに来ていただけますか。結果を報告します」

「へい。そうしやす。では、女将さんによろしくお伝えください」

磯平は安心したように引き上げて行った。

「栄次郎さま」

女中が梯子段に向かう栄次郎を呼び止めた。

「どうしました？」

戸惑い顔の女中を訝しく見つめた。

「女将さんのことなんですけど」

「きょうは、珍しくばかにめかし込んで出かけて行ったんです。だいぶ浮き立っていました」

「ほう。あのお秋さんが」

栄次郎は不思議に思った。

「崎田さまがしばらくお見えにならないので、この機会に知り合いのところに遊びに行ったのではないのですか」

「はい。そうだと思うのですが」

女中は割り切れないようだった。

「何か、気になることでも？」

「きのうも昼間、めかし込んで出かけて行ったんです。帰って来てから、どこか上《うわ》の空でした」

「上の空？」

「ええ」

女中が何を危惧しているのかを察した。

「まさか、お秋さんが男に逢いに行ったと思っているんですか」

「お秋さんが何か」

「いえ、そういうわけでは……。すみません。よけいなことを言って。忘れてくださ い」

女中は台所に去って行った。

栄次郎は考え込んだ。女中に言われて、改めて思い返すと、この前のお秋はいつもと様子が違った。

ふと、心ここにあらずのように、ぼうっとしていた。あのときは、孫兵衛の心配をしているのかと思ったが……。そういえば、お秋から孫兵衛を気にする言葉を聞いたことがない。

栄次郎はふと晴れていた空が一転して黒い雲に覆われたような不安を抱いた。

三

その頃、お秋は藤吉といっしょに向島《むこうじま》の新梅屋敷から隅田堤《すみだづつみ》を通って長命寺《ちょうめいじ》に向かっていた。

新梅屋敷の梅はまだ一分咲きぐらいだったが、これから見事に咲くのだと思うと、かえってそのくらいのほうが我が身と重ねていとおしかった。自分と藤吉もこれから見事な花を咲かすのだ。そう思えて、お秋は心を弾ませた。

風もまだ冷たいが、それでも春の息吹《いぶき》を感じ、新しい自分に生まれ変わる予感に酔いしれながら、お秋は藤吉に寄り添っていた。

長命寺の裏手の堀沿いに料理屋があった。藤吉は黙って、その料理屋の素朴な木戸門をくぐった。

ふたりが案内されたのは、離れの部屋だった。お秋は藤吉のあとに顔を俯けながらついて行った。

年配の女中は部屋に案内してから、

「ただいま、料理をお持ちします」

と言い、部屋を出て行った。

藤吉も固くなっているようだ。お秋はちらっと二間続きの隣りの部屋に目をやった。襖が閉まっているが、その部屋がどんな目的で使われるのかは想像がついた。

藤吉は他の女とここに来たことがあるに違いない。そう思うと、嫉妬めいた感情に胸が裂かれそうになった。

藤吉も口を閉ざしている。お秋も何を話していいかわからなかった。胸が詰まり、またも生唾を呑み込んだ。

「失礼します」

女中が障子を開けた。

酒と料理が運ばれてきた。鯉こくにうなぎの蒲焼などが食膳に並んでいる。

「あとはやりますので」

お秋は女中に言う。

「では、お願いいたします」

女中が出て行ってから、お秋は徳利をつまんだ。

「どうぞ」

「すみません」

藤吉は畏まって盃を差し出した。

酒を注ぐお秋の手が微かに震えて、盃にかち合って小さな音を立てた。まるで生娘のように初《うぶ》になっている自分に、お秋は新鮮な驚きを持った。

その後、差しつ差されつつ、刻が経った。鯉こくの味も蒲焼の味もわからないまま口に運ぶ。このあとに起こることを想像し、胸に甘酸っぱいものが広がった。

藤吉が手酌で酒を呑みはじめた。さっきから、ほとんど口をきいていない。

「藤吉さん、何か仰って」

たまらず、お秋が声をかけた。

「は、はい」

藤吉が緊張しているのがわかった。

「お秋さん」

藤吉が盃を置き、恐ろしい形相で見つめた。

藤吉が腰を浮かしたのがわかって、お秋ははっとした。藤吉が迫った。

「お秋さん」

藤吉がお秋の肩を摑んだ。

「あなたと離れたくない」

そう言うや、藤吉はお秋の肩を抱き寄せた。

「藤吉さん」

お秋も藤吉の胸にしがみつくように飛び込んだ。

「私も、もうあなたなしでは……」

急に藤吉の顔が覆い被さり、唇で塞がれて、その言葉は最後まで続けられずに喘ぎ声に変わった。

ふたりは貪《むさぼ》りあうように相手の唇を求めた。

やっと、顔を離すと、

「向こうに行きましょう」

と、藤吉が耳許で囁いた。

はいと頷き、お秋は藤吉に手をとられて隣りの部屋に行った。

ふとんが敷いてあった。藤吉がそばにいるのだ。その思いだけで、お秋は顔が熱くなった。

有明《ありあけ》行灯の乏しい明かりの中で、お秋は帯を解いた。

めくるめくような時間が過ぎた。その間、お秋はかつてないほどの喜びと感動を味わった。一瞬だけ、栄次郎の顔が脳裏を過《よぎ》ったことを覚えているが、あとは高所から落下するような衝撃と空中を浮揚するような切ない思いとの繰り返しだった。何度も何度も震えるほどの喜びに襲われた。

お秋は藤吉の腕の中にいた。意外とたくましい藤吉の体に抱きすくめられて安らかな気持ちになっていた。

「このまま死んでもいい」

お秋は涙ぐんだ。

「どうして泣くんだえ」

藤吉がやさしくきく。

「仕合わせ過ぎて怖いの」

「お秋さん。怖いことなんてない。私がついています」

「うれしいわ」

お秋は体を起こし、藤吉の顔を上から覗き込んで、

「藤吉さんのことをもっと知りたいの。どこで生まれて、どのように生きて来たのか、知りたいわ」

と、甘えるようにきいた。

「私は信州《しんしゅう》の諏訪《すわ》で生まれ、十三歳のときに江戸は芝の商家に丁稚奉公に上がったんです。そこで十年間働きました。手代になって、いよいよこれからというときに旦那さまが病気で急死してしまったんです。あとを継いだ旦那の後添いが男を引っ張り込んで店を任せた。それから、店はめちゃくちゃになりました。今までの奉公人はどんどんやめさせられて、私も追い出されるようにして出て行ったんです。それから四年、小間物の行商をしながら、いつか小さくても店を持ちたいと思ってきょうまでやって来ました」

「そう。国にふた親は？」

「いません。兄の代になってからはまったく絶縁状態です」

「そうなの」

お秋はいたましげに藤吉の顔を手で撫でた。

「今度はお秋さんの話を聞かせてください」

藤吉はきいた。

「私は……」

百姓の娘と続けようとして、はっとした。世間には、崎田孫兵衛の腹違いの妹ということになっている。藤吉もその噂を聞いて、逢引き宿としてお秋の家を利用したのかもしれない。

「お秋さんも苦労しているんですね。いいですよ。私は今のお秋さんが好きなんです」

藤吉は勝手に解釈していた。

「藤吉さん」

お秋は藤吉の顔に自分の頬をすり寄せた。藤吉の手がお秋の背中にまわり、激しく抱きしめられた。

再び、嵐の真っ只中に小舟で海に漕ぎだしたような激しい刺激が襲ってきた。お秋はさっきよりも声を張り上げて、何度も打ち寄せてくる快楽に身を任せていた。

お秋はぐったりしていた。

ふいに、ある女の顔が脳裏を過《よぎ》って、体がぴくっとした。

「どうしました？」

藤吉が驚いてきいた。

「ねえ、あの女、どうしたの？」

「あの女？　この前の女のこと？」

「そうよ。また、あなたにつきまとうんじゃないの？」

肌を許し合った男女の馴れ馴れしい言葉づかいになっていた。

「いや。もう、来ません」

「ほんとうに？」

「ほんとうですよ」

「でも、どうして？　また、旦那の目をかすめてあなたに近付いてくるんじゃないかしら。そのことを思うと心配だわ」

「案外と心配性なんだな」

藤吉もくだけた口調になった。

「だって」

ふと、思いついたように、

「ねえ、あの女の家を教えてくださらない」

「まさか、会いに行くつもりじゃ？」

藤吉が唖然とした。

「いえ、ただ、様子を見て来るだけ」

ふと、藤吉は考えるような眼差しになった。

「それもいいかもしれない」

藤吉は決心したように、

「わかりました。では、様子を見て来るだけですよ」

と、念を押した。

「ええ、だいじょうぶよ。その帰り、あなたの長屋に寄っていい？」

「でも、他人に見られたら？」

「あなたも私も独り身よ。誰に遠慮はいらないわ」

「そうですね。わかりました。じゃあ、お昼に長屋に戻ってます」

お秋は女の名を聞いた。おとよという名で、上野元黒門町に住んでいるという。藤吉の住まいは稲荷町だから、そんなに離れていない。

遠くから鐘の音が聞こえた。

お秋はあっと声を上げた。

「今何刻かしら？」

「五つ（午後八時）でしょう」

「そろそろ帰らないと」

「もう、お別れの時間ですか」

藤吉は寂しそうに言う。

「藤吉さん。明日、あなたの住まいに寄るわ。あなたが、どんなところで暮らしているのか見てみたいもの」

「待ってます」

お秋は着物を身につけ、帯を締めた。鏡台の前で、ほつれ毛を直す。

隣りの部屋に行くと、すでに着替えていた藤吉が待っていた。

翌日、お秋は田原町を抜けて稲荷町を素通りして上野山下から三橋《みはし》を渡り、上野元黒門町に向かった。

ゆうべ、お秋は駕籠で長命寺裏の料理屋から帰った。

すでに、五つ半をまわっていた。

「お帰りなさいませ」

女中が出てきた。

「栄次郎さんは?」

「だいぶ前にお帰りになりました」

「そう」

微かに良心が疼《うず》いたが、すぐに藤吉と過ごした時間を思い出して顔を綻ばせた。

女中が妙な顔をしていたのが気になったが、お秋は知らんぷりをした。そして、きょうも外出した。これで三日連続だ。

栄次郎に知られたらなんと言い訳をしようかと考えているうちに、上野元黒門町にやって来た。

おとよの家は不忍池《しのばずのいけ》から流れ出る忍川《しのぶがわ》の近くにあった。その家の前をさりげなく何度か通るうちに、あのときの女が格子戸から出て来た。

勝気そうなつり上がった目に特徴がある。その後ろから、着流しの目付きの鋭い男が出て来た。おとよは、その男を見送りに出て来たようだ。

男は四十前か。顎が尖って、ふてぶてしい顔つきだ。この男がいるなら、おとよも悪いことは出来ないと思った。

が、男はしばらくは家にいるのだろうか。出かけるようなことがあると、また藤吉を誘惑しかねない。

男は下谷広小路のほうに歩いて行き、おとよは家の中に戻った。

危険な感じの男だ。もし、おとよとつきあっていることがわかったら、藤吉は半殺しの目に遭うかもしれない。いや、命さえ、奪われかねない。

二度と、おとよに近付いてはだめだと、お秋は思った。

だが、あの男が江戸にいる限りは安心だ。おとよは自由に外に出歩りないだろう。ひとまずは安堵の胸を撫で下ろして、お秋は来た道を戻った。

稲荷町に戻った。藤吉の住む『与兵衛店』の木戸を入る。

どぶ板を踏みながら、路地を奥に向かう。赤ん坊を背負っている女が胡乱《うろん》げな目をお秋に向けていた。

藤吉と書かれた千社札が斜めに貼ってある腰高障子の前で立ち止まった。戸を引き、中に呼びかけた。

「ごめんください」

だが、返事はない。薄暗い部屋に、ひとの気配はなかった。朝出かけたきり、まだ帰って来ないようだ。

中にいるわけにもいかず、お秋は外に出た。

路地では長屋の女房たちの好奇の目が気になり、長屋木戸から出た。すると、向こうから小間物の荷を背負った藤吉が足早にやって来た。

「すみません。お待ちになりましたか」

「いえ、今、住まいを覗いて来たところ」

「じゃあ、行きましょう」

「待って」

長屋木戸に向かいかけた藤吉を引き止めた。

「おかみさんたちの目があるわ。あっちに行きましょう」

お秋は近くの寺に向かった。藤吉もついて来た。

山門をくぐる。鐘楼のほうに向かった。

「おとよさんと旦那らしい男がいたわ」

「………」

「あの旦那。かなり、危険な匂いを漂わせた男。おとよさんのことがばれたら、あの男に何をされるかわからない。そんな感じがしたわ。だから、もう、おとよさんに誘惑されても、絶対につきあってはだめよ」

年上らしく、姉が弟を戒めるように言った。

「わかっています。もう二度と、誘いには乗りませんし、第一、あの女の家には行きません」

藤吉はむきになって言った。

「それを聞いて安心しました」

「お秋さん。今度はいつ会っていただけますか」

「だって、きのう会ったばかりじゃないの」

ゆうべのことを思い出し、お秋は頰を赤らめた。

「でも、ゆっくり会いたいんです」

「私もよ」

「では、明日」

「明日は急だわ」

お秋は戸惑った。正直なところ、明日にでも会いたいのだ。だが、頻繁に家を開けては、女中に怪しまれかねない。

「お願いだ。会いたい」

お秋は藤吉の熱意に負けた。

「わかったわ。じゃあ、明日の七つ。また、吾妻橋の袂で」

「ありがとう、お秋さん。これで、きょうも一生懸命商売に励めます」

藤吉のうれしそうな顔を見て、お秋も心が弾んでいた。もう。後戻りは出来ない。

そう思ったとき、待てという誰かの声を聞いたような気がして、覚えず身をすくめた。

栄次郎か孫兵衛か。しかし、お秋は耳を塞いだのだった。

四

栄次郎は菊川町一丁目で二丁目との境にあるしもた屋の前に来た。

無頼な浪人が住んでいる家ときくと、近所のひとは怯えた顔をして教えてくれた。

さて、どうするかと、栄次郎は迷った。気長に出て来るのを待つか、こちらから押しかけて行くか。

迷っていると、戸が開いて、浪人が出て来た。細身だ。目はつり上がっている。あのときの賊と背格好は似ている。だが、それだけでは、賊と同一人かどうかわからない。

後ろからもうひとり同じような体形の浪人が出て来た。岩城万蔵、万次郎兄弟に違いない。

袋田三郎は別行動なのか、兄弟ふたりが竪川《たてかわ》を渡り、横川沿いをぶらぶら歩いて行った。そして、法恩寺橋を渡り、亀戸天満宮のほうに向かった。すれ違う者はみな避けて通る。ふたりの無頼ぶりは知れ渡っているようだ。

栄次郎はゆっくりあとをつけた。刀を抜かせ、構えさせれば、わかるかもしれないと思った。

ふたりは亀戸天満宮の横手にある鰻屋に入った。栄次郎も遅れて入る。

ふたりは小上がりのまん中に座った。今まで座っていた客は災難を恐れて、場所を開けた。

栄次郎はふたりの横に座った。年上らしい男がうさん臭そうに栄次郎を見た。この男が岩城万蔵であろう。

「なんだ、おまえは？」

万蔵が露骨に顔を歪めた。

「私ですか。客です」

栄次郎は平然と応じる。他の客たちが固唾《かたず》を呑んで見ていた。

「少し離れろ」

「でも、ここが空いてますから」

「きさま、離れろと言うのがわからんのか」

弟の万次郎のほうが顔を歪めた。

「おふたりはいったい何を怒っているんですか。同じ客同士、仲よく鰻をいただきませんか」

「きさま。俺たちをからかうのか」

万次郎が刀を握った。

「からかってなんかいませんよ。あなた方のほうがわからずやだ。ここはあなたの家ではないでしょう」

「許せぬ」

万蔵と万次郎が同時に立ち上がった。

店内が騒然とした。

「他のお客さんの迷惑になります。そんなに怒るなら外で話し合いましょう」

栄次郎もゆっくり立ち上がった。

「よし。外に出ろ」

万蔵が大声で言った。

外はひと出が多い。たちまち、野次馬で埋まった。やはり、岩城兄弟に対する恐怖感があるのか、かなり遠巻きだ。

「土下座をして謝るなら許してやる」

万蔵が周囲に聞こえるような大声を出した。

「私も、おふたりがもうあくどいことをしないと言うなら許してやりましょう」

栄次郎が言い返すと、ふたりは頭に血が上ったようだ。

「おのれ、勘弁ならぬ」

万蔵が抜刀した。

両手をだらりと下げ、栄次郎は平然と立った。万次郎は栄次郎の背後にまわった。

万蔵は上段から斬りつけようとした。が、途中で動きが止まった。何度か斬りかかろうとしているが、気合だけが空回りをしている。

背後で空気が動いた。栄次郎は腰を落とし、一回転しながら左手で鞘を押さえ、右手を柄《つか》にかけた。次の瞬間、栄次郎の鞘から飛び出した白刃は万次郎の剣を上空に舞い上げ、地上に落下して地べたに突き刺さったときには栄次郎は刀を鞘に納め、何ごともなかったかのように立っていた。

万蔵は茫然とし、万次郎は立ちすくんでいた。

栄次郎は地べたに突き刺さった刀を抜いて、万次郎のところに行った。そして、腕を伸ばし、剣を万次郎の顔に突き付けた。

万次郎は目を剝いて固まったように動かない。さっと剣を引くと、栄次郎は刀を万次郎の鞘に納めた。

「二度と、ひとさまに迷惑がかかるような真似をしないことです」

栄次郎はふたりに言い、その場を引き返した。

「若いの。やるな」

巨軀の浪人が行く手を塞いだ。

「あなたは？」

「あのふたりの知り合いだ」

「なるほど。あなたが、袋田三郎どのですか」

「やはりな。最初から我らに狙いを定めて来たというわけか」

「ええ。町のひとを困らせている無頼の浪人がいると聞きましてね。どんなに怖いひとかと興味があったんですよ」

「おぬし、何奴だ？」

「名乗るような者ではありません」

「そなたのように恵まれた暮しをしている者には、我らの鬱屈した気持ちなど理解出来ぬだろう」

「どんなに鬱屈していようが、町のひとに迷惑をかけるのは間違っています。そんな一時しのぎのことではなんの解決にもなりません」

「そのとおりだ。だが、我らにはそれしかないのだ」

「侍をやめることです。そこから、何かが見えて来るはずです」

「刀を捨てて、我らに生きる道はない」

「まず、町のひとに迷惑をかける真似だけはやめるべきです。そこから、何か見えて来るはずです」

「………………」

「失礼します」

栄次郎は袋田三郎の脇をすり抜けた。

栄次郎は本所から浅草黒船町のお秋の家にやって来た。

土間に足を踏み入れると、お秋が出迎えた。

「いらっしゃい」

栄次郎はおやっと思った。

どこか雰囲気が違う。目を逸《そ》らす態度も、お秋らしくなかった。

梯子段を上がり、二階の小部屋に入る。いつもなら、お秋がいっしょに上がって来るのに、きょうは違った。

不思議に思いながら、女中が危惧していることを思い出した。お秋に男が出来たのではないかと疑っているようだった。

栄次郎も、お秋の変化に気づいている。孫兵衛の怪我の様子を、お秋が気にしている様子はなかった。今のお秋には、孫兵衛のことは眼中にないようだ。

お秋は上がって来ない。顔を合わせづらいのかもしれない。やはり、女中が心配していたように、お秋に男が出来たのかもしれない。

孫兵衛がいない間だけの一過性のことならいいのだがと、栄次郎は思った。

栄次郎は三味線を取り出し、お浚いをする。

七つ（午後四時）過ぎに、新八がやって来た。

「三味線の音が聞こえたので寄ってみました。どうぞ、お続けください。聞かせていただきますから」

新八は隅に座った。

「いえ。休憩しようと思っていたところです。それより、新八さんも早く稽古を再開しませんか」

栄次郎は三味線を片づけながら言う。

「へえ。その気持ちはあるんですが、なかなか踏ん切りが」

「師匠も待っていますよ」

盗っ人であることがばれて八丁堀から追われる身になったとき、新八は師匠の家から足が遠のいた。岡っ引きの磯平が鳥越の師匠のところにも聞き込みに行ったこともあり、新八は師匠に顔向け出来ないと思ったのだ。

「そのうち、必ず」

師匠には、盗っ人ではなく御徒目付の手先だったと話してあるが、相模の大金持ちの子で、江戸に浄瑠璃を習いに来ているというのが嘘だったことはわかってしまった。

そのことで、新八はまだ負い目を持っているようだ。

「それより、金子さまですが、あれからあちこち益次郎を探し回っていましたが、今はもう探す当てがなくなったようで途方にくれています」

「そうですか。益次郎の行方がまだわかりませんか」

栄次郎は不審を持った。今になっても、益次郎の行方がわからないことはおかしい。

益次郎には姿を晦ます理由がないのだ。

栄次郎は不安を覚えた。

女中が上がって来た。

「栄次郎さま。よろしいですか」

「どうぞ」

障子を開けて、女中が顔を出した。

「磯平親分がお見えです」

「わかりました。お秋さんは？」

「それが……」

女中は言いよどんだ。

「出かけたのですね」

「はい。栄次郎さんによろしくと仰っていました」

女中は戸惑ったような顔をした。

「そうですか」

栄次郎は女中といっしょに階下に行った。

磯平が待っていた。

「昼間の騒ぎ、お聞きしました。あの兄弟をとっちめたそうですね」

開口一番、磯平はそのことを言った。

「もうお耳に達していましたか」

「そりゃ、たいへんな騒ぎでしたよ。町の衆はみな喝采していました。あっしも、その場に居合わせたかった」

磯平は残念そうに言った。

「親分。崎田さまを襲ったのはあの兄弟ではありませんでした。剣の技量が違います。賊はもっと腕が立ちます」

「じゃあ、矢内さまは兄弟の腕を確かめるために？」

「ええ。それが大きな目的でしたが、あまりにも傍若無人な態度にちょっと懲らしめなければいけないと思ってしまって。今となっては反省しています」

栄次郎は自嘲した。

「とんでもない。おかげで町の衆も助かったはずです」

「ただ、意趣返しをしないか、少し不安なのですが。もし、何かあったら、教えてください。私が蒔いた種ですから」

「へえ、そんときはお願いします」

磯平は軽く頭を下げてから、

「しかし、振り出しに戻ってしまいやした」

と、悔しそうに顔を歪めた。

「親分。まあ、お座りください」

栄次郎は上がり框に腰をかけるように言った。

「へい」

磯平が腰を下ろすのを待ってから、

「今まで黙っていたんですが、私が気になっている事件があるんです」

と、栄次郎は切り出した。

「なんでしょう」

磯平は真剣な眼差しになった。

「深川の今川町にある『松島屋』の件を知っていますか」

「ああ、亭主が妻女を殺して首をくくったっていう事件ですね。縄張りは違いますが、聞いています。その事件と崎田さまが襲われた件が関係あるっていうんですかえ」

磯平は疑わしそうに言う。

「なぜ、私が目をつけたか、そのわけはちょっと待ってください。いずれお話しするようになると思いますが」

「なにやら事情がおありのようですね。わかりました」

「すみません。で、『松島屋』に盗品を扱ったという騒ぎがありました。『松島屋』は被害者でもあるが、盗品を扱っていたのは事実ということで、亭主の益太郎には三十日間の『戸締』の刑が科せられた。その間に、妻女に男が出来たということです」

「ええ」

「しかし、『松島屋』がほんとうに盗品だったことを知らなかったのか。どうも、『松島屋』に手心が加えられたのではないか。そういう疑いがあるのです」

「手心と仰いますと？」

「奉行所の誰かが罪をもみ消したということです」

「まさか」

「ええ、もちろん、これは私の勝手な想像に過ぎません。さらに、いえば、手心を加えたのが崎田さま」

「いえ。崎田さまはまったく関知していません。正確には崎田さまを名乗った男です」

栄次郎はその辺りのことを、金子惣太郎の名を出さずに説明した。

「崎田さまの名を騙ったのは奉行所の人間ということになりますね」

磯平が困惑した顔で言った。

「あくまでも想像です。それより、亭主の益太郎には益次郎という弟がいます。この益次郎の行方が知れないのです」

「行方が？」

「ええ。近所でも姿を見かけなくなってから、かなり時間が経っているようです。盗品絡みで、何かあったのではないかと心配しているんです」

「行方をくらましているとは、ただごとではありませんね」

「崎田さまの件とは関係なく、この益次郎のことを調べていただけませんか。女がいたかもしれませんし」

「わかりました。やってみましょう」

磯平は立ち上がった。

「崎田さまが？」

「お願いします」

行きかけた磯平が振り返り、何か言いかけてやめた。結局、何も言わずに引き上げて行った。

磯平は、「女将さん」と言いかけたようだ。お秋のことで、何か言いたかったのかもしれない。

お秋が出かけたのと磯平がやって来たのはほぼ同じぐらいだった。

ひょっとして、磯平は男との待ち合わせ場所に急ぐお秋を見ていたのではないか。

ほんとうに、お秋に男が出来たのか。

複雑な思いを、栄次郎は嚙みしめていた。

五

お秋は藤吉といっしょに再び吾妻橋を渡った。

大川に都鳥が舞っている。向島の鄙《ひな》びた風景がひろがり、かなたに筑波《つくば》の山が望めた。藤吉といっしょに眺める風景はいまだかつてないほどに美しく心に迫ってきた。

この橋を渡り切れば、もう藤吉とふたりだけの世界だ。橋のこっち側はお秋の過去であり、向こう側はこれから先のことだ。

吾妻橋を渡り、水戸《みと》家の下屋敷前を過ぎ、三囲《みめぐり》稲荷前からやがて長命寺にやって来た。その裏手に、料理屋がふたりを待っていた。

いつものように離れの部屋を頼んだ。

酒が運ばれ、料理が目の前に並んだ。

「呼ぶまで来なくて結構です」

藤吉は出て行く女中に言った。

ふたりきりになった。藤吉がお秋のそばに近寄った。

「お酒は？」

「あとで」

藤吉がお秋の体を抱きしめた。

「だめよ」

「お秋さん。待てない」

酒や料理よりも、お秋と藤吉はお互いの唇を求め合った。

藤吉の息遣いは荒くなり、お秋も何度も喘ぎ声をもらした。そして、そのまま、ふたりは隣りの部屋に移った。

激しくかつ狂おしい時間が去り、お秋は夢の中を漂っているような心地で藤吉の腕の中で目を閉じていた。

藤吉の安らかな呼吸がお秋を落ち着いた気分にさせる。藤吉を離したくない。もう藤吉のいない人生なんて考えられないと、お秋は思った。

藤吉のお腹の虫が鳴いた。

「お腹が空いたのね」

お秋はくすりと笑った。

「まだ、食べてませんでしたね」

藤吉は照れながら言う。可愛いと思った。男をこんなにもいとおしいと思ったことはなかった。

着物を身につけてから、改めて酒と料理に手をつけた。すっかり冷えていた。それでも、気にならなかった。

「あら、芸者さんが入っているのかしら」

どこかの部屋から三味線の音が聞こえた。

この辺りに芸者はいないから、客がいっしょに連れて来たのだろう。

ふと栄次郎の顔が過《よぎ》った。栄次郎への思いを断ち切ったのはいつだったろうか。所詮、身分も違ったのだ。

だが、藤吉は違う。自分が支えてやれる男なのだ。藤吉との仲を、栄次郎ならきっとわかってくれる。お秋はそう信じた。

徳利が空になった。

「お酒、もらいましょうか」

藤吉が呼び止めた。

「お秋さん」

「なあに？」

お秋は甘えるような声を出した。

藤吉が膳をどかし、お秋の肩に手をやった。

「どうしたの、そんな怖い顔をして」

お秋は戸惑った。

「私と所帯を持ってくれないか」

一瞬、雷鳴を耳許で聞いたような気がした。

「お秋さん。お願いだ。私の嫁になってくれ」

藤吉は恐ろしい形相になっている。

「でも、私はあなたより年上よ」

「たったひとつだ」

「それに、私は……」

お秋は口をわななかせた。世話を受けている旦那がいる身だと言おうとしたが、さすがに口に出来なかった。

「だって、まだ知り合って何日も経っていないのよ。私のことがわかるの？」

お秋は混乱していた。

「わかる。お秋さんといっしょならつらい仕事も頑張れる。ふたりで、お店を持つんだと思うと頑張れるんだ。いや、私はお秋さんがいなければだめなんだ」

藤吉は熱情を込めて訴えた。

「きっと、お秋さんを私が守ります。だから、私の嫁に」

「藤吉さん。うれしいわ」

お秋はなぜか涙があふれてきた。そんなお秋の姿に、藤吉は心が動かされたように打ち震え、お秋の体を力いっぱい抱き寄せた。

お秋はもう藤吉以外のことは何も考えられなくなっていた。藤吉と人生をやり直す。その喜びの中に、お秋は身を任せていた。

翌朝、台所からの物音で目を覚ました。ゆうべも帰りが遅く、また昂奮を引きずっていたので、なかなか寝つけなかった。

藤吉とのことが生々しく蘇り、お秋は頰を熱くした。もう、藤吉は起きただろうか。同じように、私のことを思い出しているかしらと、お秋は勝手に想像する。

ようやく起き上がった。目覚めたときはまだ夢心地だったが、女中や下男の顔を見て、だんだん現実を感じ取るようになった。

藤吉と所帯を持つ。もう、これは揺るぎない気持ちだ。だが、それまでに、お秋には乗り越えなければならない壁があることはわかっていた。

その最たるものが、崎田孫兵衛のことだ。

お秋は孫兵衛の世話を受けるようになって三年になる。このような暮しが出来るのも、孫兵衛のおかげだった。

その孫兵衛に別れ話を持ち出さなければならない。そこまで考えて、お秋はあっと気づいた。

孫兵衛の傷はまだ癒えず、ここに来ることが叶わないのだ。屋敷に出向くことなど、出来やしない。妻女に気づかれるような真似は出来ない。

孫兵衛の傷が回復するまであとどのくらいかかるのか。ひと月近いかもしれない。それまで別れ話が出来ない。お秋は啞然とした。

それまで待てない。藤吉はすぐにでもいっしょに暮らしたいと言っている。お秋も同じ思いだ。

女中や下男も仕事を失わせることになる。そのことも心苦しいが、他にいい働き口はあるだろう。

それと、栄次郎から三味線の稽古のための部屋を取り上げてしまうことになる。だが、栄次郎のことだ。きっとわかってくれる。そう信じた。

やはり、大きな問題は孫兵衛のことだった。詫びを入れるしかない。それには、じかに会わねばならない。それが叶わないのだ。どうしたらいいのか。

孫兵衛が回復するまで待つことなど出来やしない。

お秋は下駄を履いた。

「女将さん。どちらへ。もうすぐ朝餉の支度が出来ます」

女中が台所から出て来た。

「ちょっと外の空気に当たってくるだけ」

そう言い、お秋は外に出た。

足は通りに向かい、お秋は同じ町内にある正覚寺に向かった。境内に大きな榧《かや》の樹があり、俗に榧寺と呼ばれている。

朝早いので、茶屋はまだ閉まっている。それでも、朝早くにお参りに来るひとはいた。

お秋は本堂の前で手を合わせ、どうか藤吉さんといっしょになれますようにと拝んだ。どうしたらいいのかと問いかけもした。答えなど、あるはずがないと思っても、訊ねないわけにはいかなかった。

本堂の前から離れた。大きな榧の樹を見上げ、お秋は改めて藤吉との暮しに思いを馳せた。

小さくてもいいから店を持つ。その夢に向かって、ふたりで頑張って行くのだ。藤吉のためなら、どんな苦労をも厭《いと》わない。

榧の樹を見ていたら、どんな困難も克服出来る勇気が湧いて来た。きっと孫兵衛のこともうまく話がつく。

そう思ったとき、ある考えが脳裏を掠めた。

栄次郎に頼もう。ひとのことに首を突っ込むお節介病の栄次郎はきっと頼みを聞いてくれるはずだと、お秋は思った。

ひとのよい栄次郎を利用することに負い目を感じるが、きっとわかってくれて応援してくれるはずだ。

そう思うと、急に元気が出て来た。

お秋は急いで家に戻った。

朝餉をとり終えてから、お秋は長火鉢の前に座った。そして、部屋の中を見回す。この家ともお別れすることになるのだと思うと、なんとなく感傷的になった。

壁にかかっている丹前が目に入った。孫兵衛のものだ。あわてて、お秋は立ち上がり、丹前を衣紋掛けから外した。

(旦那。ごめんさい)

お秋は心の内で呟く。今や、お秋の心を占めているのは藤吉への思いだけだ。他のものが入り込む余地はなかった。

陽が上って行く。藤吉はもう商売に出ていることだろう。小間物の行商は、女相手の商売だけに、お秋は気になった。

だが、おとよのような女はそんなにいるものではないだろう。それに、仮に客の女から誘われても、藤吉はもう誘いには乗らないはずだ。

栄次郎を待った。きっと、栄次郎は驚くことだろう。だが、きっとわかってくれる。

自分の味方になってくれるはずだ。

そう思いながら、栄次郎を待っていた。

第三章　胸騒ぎ

一

その頃、栄次郎は崎田孫兵衛の屋敷に来ていた。相変わらず、警護の同心が屋敷に交替で待機している。

栄次郎が門内に入ると、すぐに駆けつけて来た。はじめて見る同心だった。

「どのような御用でござるか。まず、尊名をお伺いしたい」

若い同心は警戒ぎみにきいた。

「私は矢内栄次郎と申します。崎田さまに懇意にしていただいている者にございます」

そこに、顔見知りになった若党が出て来て、

「このお方は旦那さまのお知り合いにございます」

と、とりなしてくれた。

「これは失礼いたしました」

同心は一礼をして引き下がった。

「相変わらず警護が厳しいですね」

「はい。旦那さまはもういいと仰ったようですが、金子さまの要望で警護が続けられているんです。金子さまの取り越し苦労だと思いますが。やはり、旦那さまのことが心配なようです」

若党はありがたそうに言う。

そのことに関して、栄次郎は何も言わなかった。

妻女は外出しており、若党の案内で、孫兵衛の部屋に行った。

「矢内さまがお見えになりました」

廊下から若党が声をかけた。

「構わん」

部屋の中から声がし、若党が障子を開けた。

孫兵衛はふとんの上に体を起こしていた。

「失礼いたします」

栄次郎は部屋に入った。

「だいぶ、お顔の色もよろしいようですね」

「うむ」

孫兵衛は気難しい顔で言う。

「その後、金子さまはお見えになりますか」

栄次郎が金子の名を出すと、孫兵衛は露骨に顔を歪めた。

「また、そのことか。惣太郎はそんな男ではない。疑うのもいい加減してもらおう。惣太郎は親身になってわしの怪我のことを心配してくれておる。警護の者をつけているのも、惣太郎の進言によるものだ」

それこそ、良心の呵責《かしゃく》ゆえと思ったが、栄次郎はそのことは言わなかった。

「申し訳ありません」

栄次郎は素直に謝ってから、

「その後、奉行所の探索はいかがでしょうか」

と、進展をきいた。

「いや。まったくない」

孫兵衛は憤然として言う。

「そうでしょうね。崎田さまの周辺からはあやしい人間は浮かんで来ないと思います。崎田さまを恨んでいる者がいるとは思えませんから」

「では、やはり、わしの名を騙った人間がいるということか」

孫兵衛が怒ったように言う。

「そうとしか考えられません。で、私が睨んだ『松島屋』の件ですが、主人の弟の益次郎がずっと姿を消したままです」

「………」

「この益次郎が鍵を握っていると思われます」

金子惣太郎がこの益次郎を探し回っていた形跡があることは黙っていた。

どうやら孫兵衛はいらだっているようだ。さっきからの乱暴な言い方はその表れだ。お秋のことを気にしているのだと察した。

しかし、栄次郎は困惑した。最近のお秋の様子がおかしいのだ。最初は孫兵衛が来ない寂しさかと思っていたが、そうではないようだ。毎日のようにめかし込んで出かけているという女中の話だ。

それより、栄次郎を避けている。かつてないことだ。男が出来たのではないか。そう疑う女中の言葉が当たっているようだ。

「浅草のほうはどうだ？」

孫兵衛がきいた。

「ええ、元気にやっています」

「寂しがってはいないか」

「それは寂しいのでしょうが、気丈に頑張っています」

「わしに何か言伝てはないのか」

「早い快復を祈っていると」

「…………」

孫兵衛が押し黙った。

栄次郎は顔色を読まれたかと思った。どうも、嘘は苦手だった。しかし、まだ、お秋に男がいることを確かめたわけではない。

「じつは、私はさっきお話しした『松島屋』の益次郎のことを調べていて、あまりあの家に行っていないのです。それに、私が崎田さまのお屋敷に頻繁に伺っていることを知りませんので」

苦しい言い訳をしたが、孫兵衛は何も言わなかった。

孫兵衛も何かを感じているのか厳しい顔を天井に向けていた。

「今度、お伺いするときにはたくさんの言伝てを持参いたします」

そう言ったが、孫兵衛から返事がなかった。

少し気まずい思いで、栄次郎は孫兵衛の屋敷を辞去した。


栄次郎は八丁堀から浅草黒船町に向かった。お秋の心の内をきいてみようと思った。このままでは、孫兵衛の疑心暗鬼は募り、心の乱れは傷に障るだろう。

そう思いながら、蔵前から浅草黒船町のお秋の家の前にやって来たとき、大川端を駆けて来る男を見た。

お秋の家に入ろうとして、栄次郎は足を止めた。駆けて来るのが磯平親分だったからだ。何かあったと、すぐに察し、栄次郎は磯平のほうに向かった。

「矢内さま」

息を弾ませて、磯平は立ち止まった。

「親分。どうかしましたか」

「今朝、益次郎が死体で見つかりました」

「死体で?」

恐れていた結果に、栄次郎は落胆した。

「場所は？」

「橋場町の浅茅ヶ原《あさじがはら》の土の中に埋められていました。野犬が掘り起こしたようです。たまたま浅茅ヶ原を突っ切ろうとした若い男が死体を見つけたんです。死後ひと月ほど経っています。思ったほど、腐乱はしていませんでした。矢内さまに言われてましたので、もしやと思い、『松島屋』の奉公人だった男に確かめさせたところ、番頭の益次郎に間違いないということでした。それで、矢内さまに知らせなければならないと思って」

「それはご苦労さまでした」

益次郎は真相を知っていたはずだ。だから、金子惣太郎も益次郎を探していたのだ。

その益次郎が死んで、手掛かりはなくなった。

金子惣太郎を問いつめるべきか。惣太郎が正直に打ち明けるとは思えないが、もはや、それしか方法がない。

「もう、死体は片づけられているのですね」

「ええ、奉行所に運ばれています」

「致命傷は？」

「心《しん》の臓をひと突き」

「で、何か下手人の手掛かりは？」

「ひと月ほど前の夜、橋場に向かう大八車が目撃されていました。積んであった荷に死体が隠されていたかどうかはわかりません」

「盗んだ着物を卸している一味がいるのではありませんか。益次郎はそこから盗品と知りつつ着物を仕入れ、店で売っていたのではないでしょうか」

「では、口封じのために？」

「そうかもしれません。江戸周辺の土地で、着物の窃盗や横領などをしている一味がいるのではありませんか」

「ええ。上州《じょうしゅう》、野州《やしゅう》、相州《そうしゅう》、それから三島、沼津などの東海道の宿場などに被害が続出しているようです。代官所で捕まえても、あとを絶たないそうです」

「あとを絶たない？」

「ええ。捕まるのは下っ端だけ。つまり、実際に盗みを働くのは下っ端だけなので、実体は明らかにされないのです」

「でも、何人も捕まっているのですね」

「そのようです。でも、いつもそこまでで、その先に進めない」

「進めない？」

「盗品を買い上げてくれるのは『七つ下がりの五郎《ごろう》』という男だそうです。ところが、この『七つ下がりの五郎』は上州にも野州にも現れて、盗品を買い漁っているということです」

「なるほど。そういうわけですね」

栄次郎は合点《がてん》したように頷いた。

「どういうことですかえ」

「総元締めが江戸にいるのでしょう。盗品を捌《さば》く力がある者です。総元締めの手下が『七つ下がりの五郎』という名で派遣されているのでしょう。『七つ下がりの五郎』は盗品を買い入れては江戸に運ぶ役割を負っているのではありませんか。つまり、『七つ下がりの五郎』と盗みを働く連中とは単に盗品を売り買いするだけの仲ということではありませんか」

「なるほど。そういうことですか」

「江戸に総元締めがいるのです。盗品をちゃんと捌いてくれる者がいる限り、盗難はあとを絶たないでしょう」

栄次郎は自分の考えを述べた。

「江戸の総元締めを捕らえなければ笊で水を掬《すく》うようなものですね」

「その手掛かりが益次郎だったのです。殺されたのは残念でなりません」

「他に、江戸の総元締めを見つけるにはどうしたらいいのでしょうか」

「江戸の古着屋には盗品がたくさん流れているはずです。盗品を扱った店の者は総元締めに近い者から着物を買っているはずです。盗品を扱った店を探すことです」

「わかりました」

「ただし、よほどの上物の着物でなければ盗品とはわからないかもしれませんね。『松島屋』の場合は運がよかったと言えます」

上物である上に母親の形見という大事なものだったので、偶然に商用で江戸に出て来た息子が見つけたのだ。

その息子は江戸に来るたびに、古着屋巡りをしていたという。執念が実を結んだわけだが、そういう偶然が起きるのを待つしかない。

「ともかく、古着屋を一軒ずつ当たるべきでしょう。それと、盗品の情報を摑んでおくことが大事だと思います」

「わかりました。盗品の届け出があった着物の中で上物について調べてみます」

「あっ、親分」

行きかけた磯平を呼び止めた。

「死体が見つかった場所に行ってみたいのですが、詳しい場所を教えていただけますか」

お秋の家に行こうかと思ったが、死体発見の場所を見ておこうと思った。手掛かりが得られるとは思わないが、現場に立てば何か見えてくるかもしれない。

「それなら、あっしの手下がまだいるはずです」

「そうですか。わかりました」

「じゃあ」

磯平は引き上げて行った。

それから、栄次郎は大川端を吾妻橋のほうに向かった。途中、駒形堂の前を通り、吾妻橋の西詰めから花川戸に入る。

今戸町から橋場町を通り、浅茅ヶ原にやって来た。荒涼とした原っぱである。数人の男が捜し物をしている。

栄次郎はその中のひとり、岡っ引きの手先らしい男に近付いた。

「あっ。あなたは」

磯平親分の下で働いている男だった。

「磯平親分から聞きました。益次郎の死体が埋まっていたのはこの辺りですか」

栄次郎は確かめた。

「へえ、そうです。死体が埋まっていたのはあの草むらの向こうです。掘ったあとがあるので、わかります」

「何か捜し物ですか」

「へえ。この草むらですから、ここまで大八車を引っ張って来たとは思えません。途中から死体を担いで来たと思われるので、重たい死体を背負って歩くうちに何かを落としていかなかったとも限りません。念のために調べているんです」

「大八車で運ばれたことに間違いないんですか」

「ええ。というのも、夜遅く大八車が目撃されているんです。その大八車は今戸橋の近くでも花川戸でも目撃されています」

「他に大八車を扱った者はいないのですか」

「さあ、そこまでは調べきれていませんが」

「そうですか。で、何か見つかりましたか」

「いえ、さんざん周辺を歩き回ったのですが、何も見つかりません」

手下は疲れた顔で言い、

「もう少し、捜してみます」

と、栄次郎の前から離れて行った。

栄次郎は草むらの向こう側に行った。なるほど土が掘られ、浅い穴が空いていた。

死体はそれほど深く埋められたのではないようだった。

だから、野犬が掘ったのだろう。

大八車で運ばれたのか。しかし、どこから運んで来たのだろうか。それより、なぜここに埋めたのか。確かに死体は発見されにくいが、死体を遠くから運ぶのは危険ではないのか。途中、誰かに怪しまれる恐れは十分にある。

そう考えたとき、死体は遠くから運ばれたのではない。この近くからだ。そんな気がした。

栄次郎は辺りを見回す。東のほうは橋場町の町並みだが、あとの三方は寺で囲まれている。

寺が殺害現場だとは思えない。すると、橋場町だ。

大八車はまったく関係ない人間が使ったか、あるいは偽装ということも考えられる。

死体はいずれ発見されると下手人も思っていたのだ。そのときに備えて、遠くから運ばれて来たと見せかけるためにわざと大八車を使った。

それであれば、殺害現場はこの近くだということになる。死体を背負って来たとしたら、それほど遠く離れてはいまい。

栄次郎は橋場町のほうを睨んだ。そして、そのほうに足を向けた。

橋場町は商家の別荘や妾宅が多いところだ。栄次郎は町中を歩いてみた。もちろん、あやしい家がわかるはずはない。

それでも、栄次郎は左右の家を眺めながら、橋場の町を歩き回った。ときには立ち止まって辺りを見回し、ときにはわざと引き返して見せた。

もし、この町中に殺しの現場があれば、そこの住人は栄次郎の行動に驚くはずだ。栄次郎の狙いはそこにあった。

わざと、相手の目につくように歩き回ったのだ。

大川に出て、橋場の渡し場のほうに向かう。さっきも、ここを歩いた。ふと、誰かに見られているような視線を感じた。が、一瞬で消えた。ふつうの住人が好奇の目で見ていただけなのか、敵意がある視線だったか、そこまでの判別は出来なかった。

栄次郎は途中で引き返した。商家の別荘のような黒板塀の建物や、妾宅ふうの家が並んでいる。

再び、視線を感じた。今度も一瞬で消えたが、射るような視線だと思った。

栄次郎はそこを過ぎてから、目についた酒屋に入った。

「つかぬことをお伺いしますが、この先にある別荘のような大きな家はどなたのお住まいでしょうか」

店先にいた番頭らしき男に訊ねた。

「『三国屋《みくにや》』さんの別荘ですよ」

「『三国屋』?」

「神田豊島町の呉服屋ですよ」

「呉服屋ですか」

「主に扱っているのは古着だそうですが、かなり羽振りはよさそうですね」

礼を言って、酒屋を出た。

古着を扱っている呉服屋だという。益次郎も呉服屋の番頭だ。さっきの射るような視線も、『三国屋』の別荘からのような気がした。

調べてみよう。栄次郎はそう思い、お秋の家に向かった。

二

陽が傾きかけても、栄次郎はまだやって来ない。

お秋は落ち着かなかった。きょうこそ、栄次郎に藤吉のことを打ち明けようとしているのだ。早く来てくれないかしら。お秋はまたも深いため息をついた。

陽が翳ってきて、ふいに藤吉の顔が脳裏を掠めた。藤吉に会いたくなった。まだ、行商から帰っていないかもしれないが、藤吉の長屋に行ってみようと思った。ひと目でもいいから、藤吉に会いたい。

そう思うと、居ても立ってもいられない。お秋は羽織を引っかけて、

「ちょっと出かけてきますね」

と、女中に声をかけた。

女中が不審そうな目を向けてきいた。

「夕餉の支度はいかがいたしましょうか」

「それまでには帰ってきます。じゃあ、お願いね」

と言い捨て、お秋は下駄を履いて出て行った。

田原町を過ぎ、東本願寺前を通って、稲荷町にやって来た。そして、与兵衛店に向かいかけて、お秋はあっと息を上げて立ち止まった。

与兵衛店から、あの女が出て来たのだ。おとよだ。お秋はすぐに惣菜屋の陰に隠れて、おとよを見送ったが、胸が激しく波を打った。

なぜ、おとよが藤吉の長屋に現れたのか。言うまでもない。また、藤吉を誘惑しに来たのだ。

お秋は怒りが込み上げてきた。自分の旦那に見つかりそうになって、藤吉との待ち合わせをすっぽかした身勝手な女だ。

旦那の隙を窺って、また藤吉を誘いに来たのだ。

お秋は与兵衛店に小走りに向かい、長屋木戸を入って行った。

藤吉の住まいの前に立った。急いで、戸を開けた。だが、中に藤吉の姿はなかった。

おとよと顔を合わせていなかったことにほっとしたが、それも束の間で、再び取り乱しそうになった。

おとよがまだ藤吉を諦めていないことに愕然とした。また、出直して来るに違いない。お秋は嫉妬心に心が狂いそうになった。

まさか、あの女は藤吉が帰って来るのをどこかで待ち伏せているではないか。そんな不安に襲われ、お秋は長屋を飛び出した。

おとよが走り去ったほうに足を向けた。しかし、おとよの姿は見えない。上野元黒門町の家に引き上げたのかもしれない。

まだ、動悸が激しい。おとよに対する怒りはまだ続いている。おとよの旦那に言いつけてやろうかとも考えた。

だが、そこまでするのも見苦しい気がした。

陽が傾いて来た。心がざわつきながら、お秋は藤吉の長屋に戻った。そして、長屋木戸の前で待った。

四半刻（三十分）後に夕陽を横顔に浴びながら藤吉が帰って来た。お秋は覚えず涙が出そうになった。

「お秋さん。どうかなさったんですか」

お秋の歪んだ顔を見て、藤吉は驚いたようだった。

「ともかく、長屋へ」

藤吉が誘った。

お秋は黙ってついて行く。

部屋に入ると、藤吉はすぐに火鉢の灰をかきわけ熾《おき》火を出した。

「すぐ温かくなりますから」

「ごめんなさいね。いきなり、訪ねて来て」

「謝る必要はありませんよ。会えてうれしいんですから」

「ほんとう?」

お秋は藤吉の目を見つめた。

「きょうのお秋さんはおかしい。何かあったんですか」

藤吉は真剣な眼差しできいた。

「さっきここに来たら、あの女が来ていたのよ。おとよさんよ」

「なんですって」

藤吉は目を剝いた。

「留守だったから引き上げたけど、きっとまたやって来るわ」

「そんな……」

お秋は藤吉にしがみついた。

「いやよ。あの女に会っちゃ。もう会わないで」

「会いません。会いたくもありません」

藤吉は強張った声で言う。

「ねえ。ここを引き払って、どこか別の場所に移りましょうよ。ねえ、お願い、そうしてちょうだい」

「いえ、はっきりあのひとに言います。私は所帯を持つと。きっと、諦めます」

「荒れ狂って何をしでかすかわからないわ」

「だいじょうぶです。あのひとは旦那持ちなんです。妙な真似をするとは思えません」

旦那持ちという言葉に、お秋は胸が突かれた。自分もおとよと同じ立場なのだ。もし、おとよも旦那と別れるつもりになっていたら。

「藤吉さん。やっぱり、だめ。あの女に会っちゃだめ。どんな手練手管《てれんてくだ》で藤吉さんを言いくるめるか知れないもの」

「私は言いくるめられやしません。私を信用してください」

ふと、隣りの部屋で物音がした。住人が帰って来たようだ。薄い壁を通して声は筒抜けだ。お秋は小声で言った。

「外に出ましょう」

「わかりました」

お秋は藤吉といっしょに長屋を出た。

外は暗くなっていて、ちょうど暮六つ（午後六時）の鐘が鳴りはじめた。お秋はすぐに帰ると女中に言い残して来たことを思い出した。

あれから栄次郎がやって来たかもしれない。また、出かけていることに不審を持つだろう。きっと心配しているに違いない。

寺町であり、寺が多い。そのうちの大きな寺の山門をくぐった。暗い境内に常夜灯のほのかな明かりが寂しそうに輝いていた。

本堂をお参りしているひとがいた。お秋と藤吉も無意識のうちに本堂に向かった。

藤吉と並んで本堂に手を合わせた。どうか、ふたりが無事に結ばれますように、とお秋は願った。

お互いに障害は大きい。だが、それを乗り越えれば、ふたりに新しい暮しが待っている。お秋は熱心に拝んだ。

本堂の前から離れ、境内の隅の暗がりに移動した。

「お秋さん。私はあんな女の手練手管に迷うような男ではありません。だから、安心してください」

「ええ」

「お秋さん」

藤吉がお秋の肩に手をまわし抱き寄せた。

藤吉の胸に抱かれながら、ふと家で栄次郎がまだ待っているような気がした。

藤吉とふたりで田原町にある料理屋で過ごし、お秋が黒船町の家に帰ったのは四つ（午後十時）近かった。

女中にきくと、栄次郎は五つ半（午後九時）過ぎまで、お秋の帰りを待っていたという。孫兵衛だけでなく、栄次郎をも裏切っているような自己嫌悪に襲われた。

だが、それ以上に、まだおとよのことが気がかりだった。藤吉はあのように言うが、長屋までやって来たことでもわかるように、おとよはかなり藤吉に執心なのだ。明日も長屋にやって来るかもしれない。そう思うと、またも胸が騒いだ。

それより、栄次郎のことだ。まず、栄次郎にほんとうのことを話さねばならない。そして、孫兵衛とのことも相談に乗ってもらうのだ。

お秋はひとを好きになった喜びと引き替えに、大きな苦悩を抱えることになった。

だが、後悔はしていない。

明日こそ、栄次郎に打ち明けようと思った。

三

翌朝、栄次郎は庭に出て、柳の木の前で素振りをくり返した。

葉を落としているが、柳に向かって居合の稽古をするのが、栄次郎の日課だった。

三味線の稽古とこの素振りは毎日欠かせないことなのだ。

半刻（一時間）ほど経って、汗をかいていた。それから、しばらくして稽古を終え、井戸端に行って、体を拭く。

着物を着ているとわからないが、栄次郎の肩と胸の筋肉はたくましい。強靭な肉体の持ち主だということがわかる。

汗を拭き取り、栄次郎が部屋に戻ると、兄が顔を出した。

「あとで、部屋に来てくれ」

「はい。今、お伺いします」

栄次郎はすぐに兄の部屋に行った。

差し向かいになってから、

「崎田孫兵衛どのの件はいかがした？」

と、兄が切り出した。

「はい。いまだ、崎田さまを襲った人間がわかりません」

そう答えたあとで、栄次郎ははっとした。

「兄上。ひょっとして、御徒目付がこの事件に乗り込んで来るということですか」

「じつは別の御徒目付が探索をはじめたようだ。筆頭与力が襲われるというのはあってはならないことだからな」

「その御徒目付はどの程度のことまで調べているのでしょうか」

「今、奉行所の人間から事情をきいている段階だ。まだ、何もわからない。だが、近いうちに崎田孫兵衛どののところにも事情をききに行くことだろう。栄次郎のことが知られるかもしれぬ。それより」

兄は言葉を切ってから続けた。

「崎田どのとお秋の関係が明らかになるやもしれぬ。お秋にも事情をききに行くかもしれない」

「まずいことになりそうですね」

孫兵衛のために、栄次郎は表情を曇らせた。

孫兵衛が妾を囲っていたことを知ったら、御徒目付はどう出て来るだろうか。その結果をお奉行に伝えるだろう。

「お秋さんとのことは知られないほうがよいかもしれません。なんとかなりませんか」

「崎田どのと口裏を合わせておいたほうがいいだろう」

「私と崎田さまの関係を、崎田さまのご妻女には、御徒目付の私の兄を通じて知り合ったと話しておきましたが」

「御徒目付にもそう話しておいたほうがよい。その件で私がきかれたら、うまく話しておく」

「ありがとうございました。助かりました」

栄次郎は礼を言った。


朝餉をとってから、栄次郎は屋敷を出た。

本郷から湯島に向かい、神田明神の前から明神下の新八の長屋にやって来た。

新八はちょうど起きたばかりのようだった。

「新八さん。益次郎が見つかりました」

あいさつもそこそこに、栄次郎は切り出した。

「見つかりましたか」

新八は安堵したような表情をしたが、栄次郎の厳しい顔つきに、

「ひょっとして、死んでいたんじゃ……」

と、おそるおそるきいた。

「ええ。橋場の浅茅ヶ原に埋められていたのを野犬が掘り起こして見つかりました」

「そうですかえ。やはり、殺されたんですかえ」

新八は深刻そうに顔を歪め、

「金子惣太郎は死んだ益次郎を探していたってわけですね」

と、ため息混じりに呟いた。

「ええ、益次郎の死を知って、金子さまはあわてていることでしょう」

「これで、殺し屋の正体を探る手掛かりがなくなったってわけですか」

新八が無念そうに言う。

崎田孫兵衛に殺し屋を送ったのは益次郎だ。益次郎が死んで、殺し屋の正体を探る手掛かりはなくなった。新八がそう落胆するのも無理はない。

「新八さん。そのことですが、橋場町に、神田豊島町の呉服屋『三国屋』の別荘があるのです。『三国屋』は主に古着を扱っているそうです」

その別荘に疑いを向けたわけを話してから、

「この『三国屋』について調べてもらえませんか。もしかしたら、まったく見当違いかもしれませんが」

「わかりました。神田豊島町ですね。『松島屋』も古着屋ですし、なにやら匂います」

「では、お願いいたします」

「へい。夕方に、お秋さんのところにお伺いします」

新八の長屋を出てから、栄次郎は筋違橋《すじかいばし》を渡り、須田町を通って八丁堀に向かった。

もはや、金子惣太郎に確かめるべきではないか。益次郎まで殺されていたのだ。

惣太郎が益次郎を探していたことは間違いない。惣太郎は何かを知っているはずだ。

江戸橋を渡り、さらに楓川にかかる海賊橋を渡って八丁堀にやって来た。

孫兵衛の屋敷に着いた。頻繁に顔を出す栄次郎に、妻女も不審を持ちはじめたようだ。

妻女の案内でいつもの部屋に行くと、肩からの包帯は痛々しいが、孫兵衛は起き上がって書類に目を通していた。

「お邪魔いたします」

栄次郎は声をかけた。

「おう。よう来られた」

孫兵衛は待ちかねたように応じた。

お秋の言伝てを期待した目を向けている。だが、妻女がいっしょに控えているので、孫兵衛もその件は口に出来ない。

「だいぶお元気になられたようでよございました」

栄次郎は喜んで言う。

「うむ。激しい動きは出来ぬが、少しずつ歩きはじめている」

「お仕事もなさっているのですか」

「始末する書類がたまっているのでな」

枕元に書類が積まれていた。奉行所から届けられたものだろう。

孫兵衛はちらっと妻女のほうを見た。妻女は動きそうにもなかった。栄次郎とどんな話をするのか見張っている。そんな感じがした。

「向こうに行っててよい」

たまりかねたように、孫兵衛が妻女に言う。

「私がいたのではお邪魔でしょうか」

妻女が孫兵衛を睨んだ。

「仕事の話を聞いていても仕方ないだろう」

「いえ。私はだいじょうぶです。矢内さまも私がいないほうがよろしいのですか」

妻女は栄次郎にもきいた。

「いえ。ただ、お仕事の話ではご退屈かと思いますが」

栄次郎は遠慮がちに言う。

「いえ、退屈なら、そのまま引き下がります。どうぞ、お仕事の話をおはじめください」

妻女は孫兵衛の女関係を疑り、女との橋渡しを栄次郎がしていると疑っているのだ。ある意味、当たっている。すごい勘の持ち主だと、栄次郎は感心した。

孫兵衛は苦虫をかみ殺したような顔をしていた。

「奥様。では、ここで聞いたことは他言無用にお願い出来ますでしょうか」

栄次郎は妻女に確かめた。

「むろんのこと。心配には及びません」

「わかりました」

栄次郎は会釈してから、改めて孫兵衛に向かった。

「崎田さま。きのう『松島屋』の主人の弟の益次郎の死体が発見されました」

「はい。橋場の浅茅ヶ原に埋められておりました。野犬が掘り起こしたそうです。死後、ひと月ほど経っていたようです」

妻女は顔をしかめている。

「この益次郎こそ崎田さまに刺客を向けた張本人かと思います」

「なぜ、そう言えるのだ？」

「『松島屋』の主人の益太郎は、自分の妻女の間夫が崎田さまだと思い込んでいたのです。兄思いの益次郎も、それを信じていたのです」

「それは、そなたの想像だ」

「はい。想像に過ぎません。しかし、あるお方を考えれば、すべて説明がつくのです」

「惣太郎のことか」

孫兵衛は吐き捨てるように言った。

「はい」

「よいか。惣太郎はわしの親友だ。惣太郎がそんな真似をするわけがない」

「崎田さま。どうか、私がこの件で、金子さまとお話をすることをお許し願えませんか」

「なに？」

「なぜ、益次郎を探していたのか。その説明を受ければ、私が間違っていたとわかるかもしれません。そしたら、私も納得がいきます」

「疑われた惣太郎の気持ちはどうなのだ？」

孫兵衛は反論したとき、

「いいではありませぬか」

と、妻女が口をはさんだ。

「金子さまも疑われたままでは面白くありますまい。この際、疑いを晴らすためにも、矢内さまの仰るとおりになさったら」

「しかし」

孫兵衛はまだためらっている。

「崎田さま。あの投げ文の意味をよくお考えください」

「前に、忠告だと言っていたな。そんなばかなことがあるか」

「崎田さまの命を狙っている者が、なぜあのようなものを投げ込む必要があったのでしょうか。あの投げ文があったからこそ、崎田さまは警戒出来、命拾いしたとは思えませんか」

栄次郎の追及に、孫兵衛は口を閉ざした。

「警護の者を屋敷につけているのも、金子さまの進言のようですね」

「わしのことを思ってだ」

孫兵衛は吐き捨てた。

「『松島屋』に盗品を扱っているという疑いがかかりました。本来なら遠島の罪にもなりかねないのを益太郎には三十日間の『戸締』の刑が科せられただけでした。同心の高瀬さまの話では、金子さまの口添えがあったということでした」

「…………」

「崎田さま。もし、私の想像どおりだとしたら、今、金子さまは相当苦しんでいると思います。崎田さまを危機に見舞わせたことで、ひとりで苦しんでいるはずです」

「惣太郎が……」

「崎田さまが信じたくない気持ちはよくわかります。でも、このままでは何も進みません。事件を早く解決させるためにも、苦しみを取り除いてやるためにも、金子さまに会わなければならないのです」

「信じられぬ」

孫兵衛はこの期《ご》に及んでも心が決まらない。

「私が心配しているのは、金子さまが早まった考えを起こさないか、です」

「早まった考え？」

孫兵衛の声が震えた。

「おそらく、金子さまは崎田さまに会わす顔がないと思っているはず。益次郎が死んだことで、ますます追い込まれているはず」

「惣太郎」

孫兵衛は呟いてから、

「よし、わかった。そなたに任せる」

と、孫兵衛は怒ったように言った。

栄次郎は孫兵衛の屋敷を出た。

結局、最後まで妻女がつきっきりだったため、お秋の話題に触れることは出来なかった。孫兵衛はうらめしげな目を向けていたが、栄次郎は助かった。最近のお秋の不審な行動を説明出来ないからだ。

もう朝の四つ（午前十時）は過ぎており、金子惣太郎は奉行所に出仕したはずだ。

惣太郎に会うのは夕方だ。

きょうは稽古日なので、栄次郎は鳥越の師匠の家に行った。

時間が早いので一番乗りかと思ったが、兄弟子の杵屋吉次郎《きちじろう》こと坂本東次郎《さかもととうじろう》が稽古をしていた。

東次郎は旗本の次男坊であり、父親は作事奉行の坂本東蔵《とうぞう》である。御殿造営に絡む不正事件に作事《さくじ》奉行の父親が巻き込まれ、東次郎は一時、稽古も出来ない状況に追い込まれていたが、今はそれも無事に解決し、元のように師匠のもとに通っている。栄次郎と同じようにいずれ武士を捨て、三味線弾きとして生きていきたいと思っているのだ。

東次郎の三味線を聞きながら、栄次郎は三月の市村座の舞台に思いを馳せた。そこで、栄次郎ははじめて立《たて》三味線を受け持つかもしれないのだ。

舞台には何人もの唄い手や三味線弾きが並ぶ。その中で首座を勤めるのを立といい、それに対するのが脇《わき》である。

これまで東次郎が立三味線を、栄次郎が脇三味線という分担だったが、三月の市村座で、栄次郎が立になるという話が持ち上がった。東次郎がそのように師匠に推《お》したらしい。

だが、栄次郎はそれを断るつもりでいた。やはり、立三味線は東次郎でなければならない。まだ、栄次郎では荷が勝ち過ぎる。そう師匠に訴えるつもりだった。

東次郎が稽古を終え、控えの部屋に戻って来た。

「吉栄さん、いらっしゃってましたか」

東次郎は名取の名で、栄次郎に声をかけた。

「吉次郎さん。稽古が出来なかった影響はまったくありませんね」

「いや。なんとか勘を取り戻そうと必死でしたよ。これも、吉栄さんのおかげです」

「とんでもない。私は何もしていません」

御殿造営に絡む不正事件の解決に、ほんの少しだけ手を貸しただけだ。それに、去年の暮れの市村座の舞台でも、吉次郎に代わっての立三味線の座を拒否し、吉次郎の復帰を待ったという経緯があった。そのことを言っているのだ。

「吉栄さん。どうぞ」

師匠の声が聞こえた。

「はい」

栄次郎が師匠に応えると、

「では、吉栄さん。また」

と、吉次郎こと坂本東次郎は引き上げて行った。

栄次郎は師匠と見台《けんだい》をはさんで差し向かいになった。

「吉栄さん。先日、ちょっとお話しした三月の市村座のことですが、吉栄さんに立三味線をお願いしようと思っています」

「師匠。そのことですが」

栄次郎は即座に言い返した。

「たいへんありがたいお話ですが、市村座での立三味線は私には大役過ぎます。やはり、吉次郎さんが務めるべきかと思います」

栄次郎は一歩も二歩も下がって訴えるように言った。

「いえ、吉栄さんも立派に務まります」

「ありがたいお言葉ですが、どうか吉次郎さんにお願いを」

「兄弟子《でし》を立てる心がけは尊いですが、吉栄さんはもっと貪欲になってもよいように思いますよ。いえ、芸そのものに対する姿勢ではありません。役所《やくどころ》に対してです」

「恐れ入ります。その時期がきたら、喜んでお受けいたします。どうか、ご容赦を」

栄次郎は頭を下げた。

「そうですか。わかりました。では、吉栄さんのお気持ちを尊重して、吉次郎さんにお願いいたしましょう」
「ありがとうございます」
「その代わり、『大和屋《やまとや》』さんの舞台で立をとってもらいましょう。このことはお受けください」
蔵前の札差《ふださし》『大和屋』の主人庄左衛門《しょうざえもん》は自分の家に舞台を設《しつら》えている。月に一度、
素人芝居を楽しむほどの芝居好きで、吉右衛門一門も舞台で演奏することが多い。
「わかりました。よろしく、お願いいたします」
栄次郎は辞儀をした。
それから、三味線を構えて稽古に入った。途中、師匠が不審そうな顔をした。それ
は、栄次郎がふいにお秋のこと思い出したときだった。心の乱れは音締めの乱れにな
り、師匠は鋭く見抜いたのだ。

稽古を終え、栄次郎は師匠の家から浅草黒船町のお秋の家に向かった。ここ何日も、
お秋とは会えずにいる。
きょうこそ、お秋から事情を聞かねばならない。まだ、陽は高く、きょうこそ会え
るだろうと意気込んで家に辿り着くと、お秋は出かけたばかりだという。

「夕方には帰って来ると仰ってました」

女中が困惑した顔で言う。

「そうですか。夕方ですか」

夜には八丁堀に行かねばならない。金子惣太郎と対峙《たいじ》するのだ。それまでに帰って
くればいいが……。

「女将さんも栄次郎さまにお話があるような口振りでした」

「お秋さんも私に話があると？」

「はい。栄次郎さま」

女中が不安そうな表情できいた。

「最近、女将さんは毎日、外出されています。それに、家にいるときもぼんやりして
いて、いつともまったく違うんです」

「ええ、私も気づいていました。何か心当たりはありますか」

「たぶん、男のひとだと思います」

少し迷ったように間を置いてから、女中は答えた。

「相手の男に心当たりは？」

「たぶん」

自信なさげに首を傾げてから、

「以前、うちに来たお客さんではないかと」

と、女中は言った。

「うちに来たお客さんというと逢引きの？」

「はい。相手が来なくてすっぽかされた男のひとです。そうそう、栄次郎さまに感じが似ていたひと」

ああ、と栄次郎は頷いた。

「二度目にすっぽかされたとき、女将さんはそのひとの部屋で長い時間、話していました。それから、次の日、そのひとが女将さんに会いに来たみたいで」

女中は半分泣きそうな顔になって続けた。

「その日、女将さんは夜遅く帰って来ました。それからは毎日外出しています。きょうも、急に思い立ったように出て行きました」

やはり、お秋に男が出来たのだ。すでに、孫兵衛のことは心にないのだ。もっとも、孫兵衛の世話を受けるようになったのは暮しのためであり、好きという気持ちはなかったのかもしれない。

「女将さん、どうするつもりなんでしょう。旦那さまの留守中にこんなことになって。

旦那さまの怪我はまだ治らないのでしょうか」

「崎田さまは順調に快復しています。でも、ここにやって来られるようになるまで、あと半月はかかるかもしれません」

「ひょっとして、女将さんはここを出て行くんじゃないでしょうか」

女中はもう泣き声になっていた。

「それらしきことを言っていたんですか」

「はい。おまえはここをやめたあと、行くところはあるのかときいたり、長い間よく尽くしてくれたと、変なことばかり言って」

お秋はその男と所帯を持つ約束をしたのかもしれない。

「お秋さんは夕方までに帰ると言っていたのですね。お秋さんが帰るのを待って、話してみます」

栄次郎は女中に言い、二階に上がった。

お秋は真剣なのかもしれない。栄次郎に話があるというのは、事情を栄次郎に説明するというより、孫兵衛への対処を相談したいのではないか。

栄次郎は落ち着かない気持ちで、夕方を待った。

四

その頃、お秋は上野元黒門町のおとよの家の近くに来ていた。

おとよのことが気になってならず、家を飛び出して来た。きのう長屋まで出向いている。きょうも、藤吉のところに出向くはずだ。

藤吉は小間物の行商に出ている。帰って来る夕方に訪れるかもしれない。

藤吉はおとよに会ってはっきり別れを告げると言っているが、藤吉とおとよを会わせてはならないような気がした。

自分の口からはっきりおとよに伝えようと、お秋は考えたのだ。

そうやって意気込んでやって来たものの、いざおとよの家を前にしてみると急に怖《お》じ気《け》づいた。

その前を行ったり来たりしていた。が、藤吉との仲を邪魔されたくないという思いが強く、思い切っておとよの家に向かった。

格子戸に手をかけたとき、いきなり激しい声とともに何かがぶつかる大きな音が家の中から聞こえた。

ていた。

驚いてその場を離れ、路地にまわった。
連子窓《れんじまど》が少し開いていた。そこから中を覗いた。おとよらしき女が倒れ、男が立っていた。

いつか見かけた四十前の顎が尖ってふてぶてしい顔つきの男だ。その男が起き上がろうとしたおとよに足蹴《あしげ》をした。おとよは激しく倒れた。乱れた髪が口許にかかり、おとよは憎々しげに男を睨み付けている。

「いいか。二度と他の男に色目を使いやがったら今度は容赦しねえ」

男の声が聞こえた。

浮気をしていたことに気づいた男がおとよに折檻《せっかん》しているのだ。嫉妬に狂った男の怒りは凄まじかった。

お秋は覚えずにんまりした。これで、おとよは懲りて、藤吉の前に現れないだろう。

そう思って、安心してその場を離れた。

通りに出たとき、番頭ふうの男が下谷広小路のほうからやって来るのを見た。お秋はそのまますれ違って広小路のほうに足を向けた。

途中で振り返ると、番頭ふうの男がおとよの家に向かうのがわかった。

それ以上の興味もなく、お秋はそのまま下谷広小路から山下に出て浅草のほうに折れた。もうこれで、およよは藤吉の前に現れることはないはずだ。だから、藤吉がわざわざおとよに引導を渡しに行く必要はない。

そのことを早く藤吉に知らせたいと思ったが、商売に歩き回っている藤吉が帰って来るのは陽が落ちてからだ。

それより、残るのはお秋のほうだ。孫兵衛との関係がある。きょうこそ栄次郎に相談しなければならないと、お秋は急ぎ足になった。


家に近付くと、三味線の音が聞こえた。栄次郎が来ている。

ふと胸が張り裂けそうになった。自分がこの家を出て行けば、三味線の稽古をする場所がなくなってしまうのだ。

自分が栄次郎の稽古場を奪ってしまう。胸を痛めたが、お秋はもうあとに引き返すことは出来なかった。

このまま、藤吉といっしょに前に突き進んで行くしかないのだ。お秋は深呼吸をして、家に入った。

「お帰りなさい」

すぐに女中が出て来た。

「栄次郎さまがお待ちです」

「そう。わかった」

お秋は女中の目を避けるようにして梯子段に向かった。

襖の前で、お秋はためらった。三味線の音が止まった。

「お秋さんですね。どうぞ」

部屋の中から、栄次郎の声が聞こえた。

「失礼します」

襖を開け、お秋は部屋に入った。

三味線を片づけ、栄次郎は端然として待っていた。

「さあ、どうぞ」

お秋は小娘のように畏まって栄次郎の前に座った。

「少しやつれたようですよ」

栄次郎がお秋の顔を見て言った。

「栄次郎さん」

お秋は溜まっていた思いが噴き出したような声を出した。

「お秋さん。私はどんなことがあろうがお秋さんの味方ですよ」

栄次郎のやさしい言葉に、今までの張り詰めていたものが消え、その瞬間、堪えきれなくなった。

お秋は嗚咽《おえつ》を漏らした。

「お秋さん。あなたにとって、新たな旅立ちではありませんか。泣かないで」

口を開こうにも、声にならなかった。

「崎田さまのことなら私に任せてください。うまく話しておきますから」

「栄次郎さん。ごめんなさい」

お秋はやっと声を出した。

「私の身勝手のために、栄次郎さんにもご迷惑をかけて」

「何が迷惑なものですか。お秋さんが仕合わせになることです。そのためなら、私はいくらでも手を貸しますよ」

「うれしい」

またも、涙が込み上げて来た。

「お相手のひとは、いつぞやの男のひとだそうですね」

「はい。藤吉さんて言います。いつか店を持つのだと、小間物の行商をしています。私のほうがひとつ年上ですが……」

「歳は関係ありませんよ。ひとつ気になるのは、藤吉さんの逢引きの相手です。藤吉さんとは逢引きするような仲だとして……」

「違うんです。藤吉さんの得意先のひとで、おとよさんと言います。上野元黒門町に住んでいます。旦那のいる身でありながら、小間物を売りに来た藤吉さんを誘惑したんです。藤吉さんが待ちぼうけをさせられたとき、おとよさんは旦那の目を掠めて出かけることが出来なかったのです。藤吉さんはかえってほっとしていました」

お秋はこれまでの経緯をすべて話し、

「あんなに折檻を受けていたら、おとよさんはもう藤吉さんを誘惑することは出来ないはずです」

「わかりました。あとは、崎田さまの件だけというわけですね」

「はい」

「そのことは私に任せてください」

栄次郎は請け合ってくれ、

「一度、藤吉さんにお会いしたいですね」

と、言った。

「会っていただけますか」

お秋は声が弾んだ。

「もちろんです。お秋さんの大切なお方です。私もぜひ、ご挨拶がしたい」

「ありがとう。栄次郎さん」

そう言ったとき、梯子段を上がる足音が聞こえた。

「新八です。よろしいですかえ」

女中から栄次郎とお秋が話し合いをしていると聞いて、遠慮しているのだろう。

「どうぞ」

栄次郎が応じる。

「失礼します」

新八が入って来た。

「じゃあ、私はこれで」

お秋は立ち上がった。涙で濡れた顔を見られないように、お秋は新八の脇をすり抜けて廊下に出た。

新八と入れ代わって、お秋は部屋を出て行った。去って行くお秋を、新八は奇妙な顔で見送った。お秋の泣き顔が気になったのだろうか。

しかし、新八はそのことで何もいわなかった。

五

「ごくろうさまです」

栄次郎は労《ねぎら》いの言葉を口にしたが、まだ半日足らずでは何もわからないだろうと思った。

「へえ。わかったことだけをお伝えします。まず、『三国屋』の主人は与右衛門《よえもん》といって、もともとは『三国屋』の番頭だったそうです。当時は小さな古着屋だった『三国屋』が今のように大きくなったのは与右衛門の手腕だということです」

「なかなかの遣り手なのですね」

「ええ。古着専門だったのに新品の着物も取り扱っていますが、他の店よりだいぶ安いので繁盛しているということでした」

「安い？」

「ええ。与右衛門は足利《あしかが》の出身で、織物職人などとも親しく、安く仕入れているということです。新しいものから古いもの、高級なものから安いものまで豊富に揃えていることも客に歓迎されているようです。商売仇の他の店の番頭は、三国屋さんは商売がうまいと言ってました」

「そうですか」

「商売がうまいというひとつの例が橋場にある寮での着物の展示会だそうです」

「展示会？」

「与右衛門はときたま上客だけを招いて着物の展示会を催しているといいます。高級な着物を見せたあとで食事を振る舞うということです。招かれる客は年々増えていっているそうです」

「主人の与右衛門の評判はどうなんですか」

「悪くありません。腰が低く、愛想のいい男だそうです。ただ、内儀さんとはうまくいっていないようです」

「外に女がいるということですか」

「そのようです」

「与右衛門はいくつぐらいですか」

「店から出て来るのを見かけましたが、四十半ばのでっぷり肥った貫禄のある男でした」

「益次郎とのつながりはわかりませんか」

「ええ。まだ、そこまでは。すみません」

「きょうから調べはじめたばかりじゃないですか。何もかも、わかるというのは無理ですよ」

「へえ」

軽く頭を下げてから、

「今夜、橋場の寮に忍び込んでみようと思ってます。何もわからないかもしれませんが」

「すみません。お願いします」

「それより、お秋さん。何かあったんですかえ。泣いていたようでしたが」

「ええ」

いずれわかることだからと、栄次郎は口を開いた。

「じつは、お秋さんに好きなひとが出来たんです」

「好きなひとですって」

新八は目をぱちくりさせた。

「ええ。小間物の行商をしている藤吉というひとだそうです。お秋さんのほうがひとつ年上だそうですが、お互い好き合っているようです」

「驚きましたね。でも、お秋さんには崎田さまが？」

「ええ。そのことですが」

栄次郎はため息をついて、

「私が崎田さまにお話をすると請け合いました」

と、苦笑した。

「崎田さま。お秋さんにぞっこんだったではありませんか。素直に、諦めるとは思えませんが」

「ええ。かなり、うろたえ、怒り狂うでしょうね」

そのことを考えると、気が重い。しかし、やらねばならない。お秋のためにも。それに、孫兵衛もそろそろ潮時ではないか。このままお秋との関係を続けていれば、あの妻女に気づかれそうだ。今でさえ、孫兵衛のことを疑っているようにも思える。

「いつ、崎田さまにお話を？」

「もう少し快復してからでないとまずいでしょうね。荒れ狂ったりしたら傷に障りそうですから。ただ、崎田さまはだいぶお秋さんのことを気にしているのです」

「栄次郎さんもいろいろな苦労を背負いますね」

「まったく、因果な性分です」

いつの間にか部屋の中が暗くなってきて、女中が行灯に明かりを灯しに来た。

女中が去ってから、

「新八さん。これから、金子さまに会いに行こうと思っています」

と、栄次郎は言った。

「いよいよ、金子さまに確かめるのですね」

「ええ。益次郎が殺されたことを知って金子さまがどういう心持ちでいるのか。もしや、自害など企てやしないか、そのことが心配なのです」

新八も顔色を変えた。

「考えられますね。崎田さまにまで危害が及び、また益次郎も殺されていたとなると、自分が蒔いた種とはいえ、あまりにも結果が悲惨過ぎますからね」

「ええ。金子さまは相当に心に痛手を受けているはずです」

そう思うと、のんびりしていられなくなった。

急に胸騒ぎを覚え、栄次郎は立ち上がった。

「すぐに行ってみます」

刀を摑んで、栄次郎は部屋を飛び出した。

夜の帳《とばり》が下りていた。栄次郎は金子惣太郎の屋敷の前にやって来た。

冠木門を入り、玄関を訪れた。

「お訊《たず》ねいたします。どなたかいらっしゃいますか」

栄次郎は大声で叫んだ。

薄暗い廊下に、中年の侍が現れた。

「崎田孫兵衛さまの知り合いの矢内栄次郎と申します。金子さまはお帰りでしょうか。お会いしたのです。お取り次ぎをねがいます」

「はい。ただいま」

栄次郎の剣幕に押されたように、若党らしい侍は奥に向かった。

少し待たされてから、さっきの侍が戻って来た。

「どうぞ、お上がりください」

「失礼します」

栄次郎は刀を腰から外して式台に足を乗せた。

「奥様はご在宅でいらっしゃいますか」

気になって、栄次郎は訊ねた。

「いえ、きょうはお里のほうに行かれております」

侍は答えた。

案内された部屋に、金子惣太郎が待っていた。行灯の明かりが、部屋の真ん中に座った惣太郎の顔を照らしている。

「矢内栄次郎と申します」

向かいに腰を下ろしてから、栄次郎は低頭した。

「孫兵衛からの使いか」

惣太郎は問いかけるようにきいた。

「いえ、私ひとりの考えで参りました」

今まで、惣太郎は小机に向かっていたのに違いない。文を認《したた》めていたようだ。

「早く用件をきこうか」

沈んだような声だ。

「金子さま。ご無礼なことをお訊ねすることをお許しください」

そう断ってから、

「金子さまは崎田さまが襲われた理由をご存じではありませんか」

と、栄次郎は切り出した。

すぐに返事はなかった。しかし、まるでその問いかけを予期していたのか、惣太郎の表情に変化はなかった。

「崎田さまのお屋敷に投げ文をされたのは金子さまではございませぬか」

「なぜ、そう思うのだ？」

「あの文は一見、脅迫文のようでいて、じつのところは注意を呼びかけるものと思ったのでございます。つまり、狙っている者がいるから注意せよ、と知らせるものだった。違いましょうか」

「……………」

「なぜ、そのような真似をしたのか。ほんとうに注意を呼びかけるものなら、投げ文などせず、どうして自ら忠告しなかったのか」

惣太郎は腕組みをして目を閉じた。

「それは出来なかったのです。わけを話せないからではありませぬか」

惣太郎から反応はない。

栄次郎は勝手に続けた。

「崎田さまが襲撃されたあと、金子さまは『松島屋』の主人の弟益次郎の行方を探しておりました。なぜ、益次郎を探していたのですか」

惣太郎が目を開け、腕組みを解いた。

「そなたは、崎田さまの知り合いだそうだが、どこで知り合ったのだ？」

やっと、惣太郎が口を開いた。

「私は……」

栄次郎は言いよどんだ。惣太郎は孫兵衛との関係を知っているような感じがした。ひょっとして、お秋のことも知っているのかもしれない。いや、孫兵衛から聞かされていたのに違いない。

「私は浅草黒船町の家のひと部屋をお借りしています。その家で、崎田さまとはよくお会いしました」

栄次郎は正直に答えた。

「お秋とか申す女の家だな」

「はい。お秋さんのことをご存じでいらっしゃいますか」

「孫兵衛から聞いている。腹違いの妹と周囲には触れているが、実際は妾だそうだな」

「はい」

やはり、孫兵衛は親友の惣太郎にはほんとうのことを話していたようだ。

「そなたのことも聞いていた」

「私のことも？」

「お秋という女が以前に奉公していた屋敷の伜だとな。お秋のほうは気があるようだが、矢内栄次郎にはその気がないから安心だと言っていた」

「そんなことまで……」

そこまで話すような間柄だったのかと、改めてふたりの仲を考えた。

「いつも、お秋という女の自慢をしていた」

惣太郎の目が鈍く光ったのを、栄次郎は見逃さなかった。憎しみのこもった目に思え、啞然とした。

ひょっとして、親友でありながら、実際には何か屈折した心持ちが隠されていたのではないか。

そう考えたとき、はじめて惣太郎の複雑な思いに行き当たり、惣太郎がしでかしたことの理由がわかるような気がした。

「益次郎に、崎田さまの名を告げたのは、金子さまだったのですね。兄益太郎の妻女を弄《もてあそ》んだのは年番方与力の崎田孫兵衛だと」

惣太郎は眉をぴくりと動かした。

しばらく口を一文字に結んでいたが、ようやく口を開いた。

「孫兵衛とは竹馬の友であり、親友だった。だが、今は奉行所では向こうのほうが上役だ。孫兵衛は対等に接しながらも、常に自分を優位に立たせていた。お秋という女のことは、いつも私に自慢していた。その自慢の裏には、おまえにはそんな甲斐性はないだろうという蔑《さげす》んだ気持ちが透けて見えた。私はそんな孫兵衛に何年も耐えてきた」

惣太郎は屈辱の思いを打ち明けた。

「そんなときに、『松島屋』の盗品騒ぎが起こったのですね」

栄次郎が言うと、惣太郎は眉を寄せて頷いた。

「盗品を捌いた疑いで、場合によっては主人の益太郎は遠島だ。私は益太郎の妻女から、なんとかして欲しいと頼まれた。そのとき、悪心が芽生えた。私は筆頭与力の崎田孫兵衛とは親友の間柄。私が頼めば言うことを聞いてくれる。そなたからじかにお願いするようにと妻女に言い、料理屋に呼び出した。もちろん、孫兵衛には何も話してはいない」

言いかけては口を閉ざすことを何度かくり返してから、やっと惣太郎は吐き出すようにして言った。

「私は妻女を騙して我が物にした。私は同心の高瀬文之助に頼んだ。その結果、益太郎は遠島にならず、三十日間の『戸締』の刑ということになった。だが、私は妻女のことが忘れられず、それからたびたび妻女を呼び出した。妻女もいやがらず来てくれたのだ」

「その密会が、亭主の益太郎にわかってしまったのですね」

「そうだ。怒り狂った益太郎は妻女を殺し、自分は首をくくった。商売も息詰まっていたこともあって、絶望的になっていたのだろう」

惣太郎はやりきれないように目を固くつぶった。

「妻女は益太郎に問いつめられて、孫兵衛の名を出したのだ。私をかばってくれたのだ。益太郎が首をくくったあと、益次郎が私を訪ねてきた。崎田孫兵衛と兄嫁を引き合わせたのは間違いないかときいてきた。益太郎の遺書に妻女が孫兵衛に騙されたことが記されていたそうだ。孫兵衛を恨む文言で占められていた。私はほんとうのことは言えなかった。益次郎は兄の仇を討つと言って、引き上げて行った。それから、私は気になって益次郎に会いに行った。そしたら、ある伝《つて》から腕利きの浪人に孫兵衛の暗殺を依頼したと答えたのだ。ほんとうかどうかわからない。だが、私は心配になった。それで、投げ文をして、孫兵衛に注意を呼びかけた」

「暗殺を依頼したのはほんとうだったのですね」

「それで、改めて益次郎から刺客の名を聞こうとした。いや、これ以上の襲撃をやめるように頼もうとした。だが、益次郎は見つからなかった」

「その頃、すでに殺されていたんです」

「うむ」

惣太郎は呻いた。

「まさか、益次郎が殺されていたとは……。これで、刺客が誰なのか知る術《すべ》がなくなった。襲撃が終わったとは思えない。孫兵衛が快復したらまた襲うかもしれない。すべて、私の不始末からだ」

「金子さま」

栄次郎は身を乗り出すようにしてきいた。

「机の上の文はまだ書きかけのようでございますが、何を?」

惣太郎はうろたえた。

「死ぬ気でございましたか」

惣太郎ははっとした。

「いけませぬ。死んではなりませぬ」

「いや」

惣太郎は力なく首を横に振った。

「私は取り返しのつかないことをしてしまった。我が罪は万死に値する。それに生き恥を晒しとうはない」

「ほんとうに万死に値することでしょうか」

「なに？」

「確かに結果の大きさは否定出来ません。しかし、金子さまの罪はそれほどのことではないと思います」

「なにをばかなことを。私の意地張りから三人の人間が死に、孫兵衛が重傷を負った。これが万死に値せずしてなにが……」

「お待ちください」

栄次郎は訴えた。

「まず、益次郎は誰に殺されたのだと思いますか。また、なぜ殺されたのか」

「………」

『松島屋』はほんとうに盗品買いをしていなかったのでしょうか。ほんとうは、盗品であることを知りながら古着を売っていたとしたら」

「なんだと」

「背後に大きな盗品を卸す一味の存在があるのではありませんか。益次郎はその連中に消されたのではないでしょうか。では、なぜ?」

栄次郎は考えをまとめながら話す。

「なぜ、益次郎は殺されねばならなかったのか」

「なぜだ?」

惣太郎が詰め寄るようにきいた。

「わかりません。ただ、益次郎という人間のことをもっと調べてみる必要があると思います。私たちはまだ事件の表面しか見ていないような気がするのです。金子さま」

栄次郎は声に力を込めた。

「どうか、書きかけの文をお破りください」

「…………」

「ばかなことを考えず、改めてこの事件に向き合っていただけませぬか」

「うむ」

「また、このことはまだ崎田さまには内聞に。ただ、同心の高瀬さまには『松島屋』がほんとうは盗品を扱っていたのではないかという疑いがあることを話し、協力を仰いだほうがいいかもしれません。そして、益太郎と益次郎の関係を詳しく調べてもらったほうが」

「よし。わかった」

惣太郎の顔に血色が蘇ってきた。

六

翌朝、雨の音で目を覚ました。しかし、お秋は久し振りにすっきりした目覚めをした。

栄次郎にすべてを話し、わかってもらえた上に孫兵衛とのことも請け負ってくれた。栄次郎には申し訳ないが、これで大きな障害はなくなった。その安堵からゆうべはぐっすり眠れたのだ。

天気が悪くても、お秋の心は晴々としていた。

朝餉のあと、お秋は外出の支度をした。

「女将さん。お出かけですか」

女中が不安そうな顔できいた。

「ええ、ちょっと。すまないけど、留守を頼みますね」

「はい」

女中にはまだ話していない。何かを察して不安になっているようだ。

「帰って来たら、おまえにもちゃんと話しますからね」

お秋は諭すように言った。

「はい」

女中は素直に頷いた。

高下駄を履き、唐傘を差して、お秋は家を出た。

大降りではないが、この雨では藤吉も商売には出られない。長屋にいるはずだ。藤吉のことを思うと胸が締めつけられ切なくなる。

早く会いたいと気持ちが急《せ》いた。足早に東本願寺前を素通りし、菊屋橋を渡って稲荷町にやって来た。

与兵衛店の長屋木戸をくぐり、心を躍らせながら藤吉の住まいの前に立った。すると、いきなり腰高障子が開いた。

藤吉がにこっと笑った。

「いらっしゃい」

お秋は傘をすぼめて土間に入った。手拭いで肩から裾を拭き、足袋《たび》を脱いだ。

「足袋、ここで乾かしますよ」

藤吉が火鉢の縁に足袋を裏返してかけた。

「ありがとう。でも、どうして？」

お秋は火鉢に手をかざしてきいた。

「何がですか」

「まるで、私が来るのがわかったみたい？」

「ええ、足音でわかりました」

「そんな足音したかしら」

「ほんとう言うと、お秋さんが来てくれるような気がして何度も外を覗いたりしていたんです。さっきも外を覗いてから土間に入ったばかりだったんです」

「そう」

お秋は胸が熱くなった。そこまで思ってくれる藤吉がいとおしかった。

「藤吉さん。ありがとう」

「いやだな。来てくれたんですから、こっちのほうがお礼を言わなくちゃ」

「雨で仕事に行けないでしょう。だから、家にいると思って」

「私もお秋さんに会いに行こうかと思ったんですけど、家に行くのもまずいような気がして」

「もうだいじょうぶよ。じつは兄さんにも藤吉さんのことを話したの。そしたら喜んでくれて」

兄さんとは崎田孫兵衛のことだ。世間には腹違いの兄妹と称していて、その噂は藤吉も知っていた。

嘘をついた後ろめたさに、胸が痛んだが、すべて栄次郎がうまくやってくれるはずだと、お秋は自分に都合のよいように考えた。

「それから、私が以前に奉公していたお屋敷のご子息の矢内栄次郎さまにぜひ藤吉さんを引き合わせたいの。どうかしら」

お秋は栄次郎について話した。

「そうですか。お侍さまなのに三味線を。ぜひ、ご挨拶いたしたいと思います」

「よかった。じゃあ、きょうはどうかしら。午後にでも、私の家に来ていただけたら」

「はい。お伺いします」

「よかった」

「午後、一カ所だけ、妻恋町の『串本屋』さんに品物を届けなくてはなりませんので、それを済ませてから行きます」

「まあ、この雨の中を妻恋町まで？」

「でも、たいした道程ではありませんから。それに、『串本屋』のご主人が私を気に入ってくれて、とても贔屓《ひいき》にしてくださっているんです」

「まあ、そのようなお方がついていてくれたら心強いわね」

「ええ。お店を持てるように応援してくださっているんです。じつは、お秋さんのことも話してあるんです」

「そう」

お秋の胸に暖かいものが広がった。

薄い壁の隣りに声が聞こえていると思うと落ち着かなかった。

「じゃあ、私は先に帰ってます。なるたけ早く来てね」

少し甘えるように言った。

「はい。そうします」

そう言ってから、藤吉は足袋を手にした。そして、火に近づけた。

「もうちょっとで乾きますから」

藤吉は足袋が乾くと、裏返していたのを元に戻してから、お秋に寄越した。

「ありがとう」

お秋は暖かい足袋を履いた。

「じゃあ、あとで」

唐傘を差し、お秋は藤吉の住まいを出た。


昼過ぎに、栄次郎がやって来た。

二階の小部屋に入ってから、

「きょう藤吉さんがここに来ます。会っていただけますか」

「そうですか。もちろんです。私からも、お秋さんのことをよろしくとお願いしなければなりませんからね」

「ありがとう」

お秋は涙ぐんだ。

「どうしたんです？　なんだか、お秋さん、泣き虫になってしまったようですよ」

栄次郎は笑った。

「ごめんなさい。うれしいんです」

お秋は自分でも最近、おかしいと思う。しおらしくなっている自分に気づいている。孫兵衛の妾でいるときは何も怖いものはなかった。だが、藤吉と知り合ってから、些細なことにも心がゆさぶられるのだ。

まるで薄氷の上を歩いているように、何ごとにも慎重になっている。晴れて藤吉と所帯を持つまで、お秋はいばらの道を歩まねばならなかった。だから、ひとのやさしさが身に沁みた。

特に、栄次郎の思いやりはお秋には何ものにも変えがたいものだった。

お秋は部屋を出た。最近、逢引き客は受け入れないようにしている。自分が毎日のように外出しているせいもあるが、やはり藤吉とのことが影響している。藤吉もまた逢引き客だった。そして、その後はお秋自身も逢引きするようになっていた。そんなことを考え、逢引きの男女に部屋を貸す気になれなかった。

居間の長火鉢の前で、お秋は藤吉のことを考えていた。今ごろ妻恋町の『串本屋』に着いた頃だろうか。

雨はまだ相変わらず降っているが、さっきより雨脚は弱まったような気がする。じきに藤吉がやって来るのかと思うと、気持ちが弾んでくる。

孫兵衛には申し訳なく思うが、許してもらうしかない。まだ、怪我は治らないのか。孫兵衛のことを考えても、すぐに藤吉の顔が浮かんで来て、孫兵衛のことを心から追い払った。

三味線の音が聞こえる。藤吉と所帯を持てば、もう栄次郎の三味線を聞くこともなくなるかもしれない。栄次郎も、稽古をする場所を失うのだ。

もう、そろそろだろうか。もう藤吉がやって来てもよい時分だ。お秋は部屋を出た。

土間におり、戸口まで出る。雨は降っている。雨に煙って大川の対岸は見えない。御厩河岸の渡し船も止まっているのか。河岸の道を行き交うひともなかった。

しばらく戸口に立って雨を見ている。栄次郎の三味線の音が雨音にかぶさる。

「女将さん」

呼ばれてはっとした。

振り返ると、女中が心配そうな顔で立っていた。

「寒くはありませんか。もう、ずっとそこに立っていらっしゃいます」

えっと思った。

「ずっと?」

「はい。四半刻（三十分）も」

「まあ、そうだった」

そんなにここに立っていたとは思わなかった。そういえば、さっきより外が薄暗くなったような気がする。

「今、何刻かしら」

「さっき七つ（午後四時）の鐘が鳴っていました」

「そう」

鐘の音にも気づかなかった。

藤吉はもう来てもよい頃だ。少し遅い。お秋ははじめて不安が兆した。だが、この雨の中だ。道はぬかるみ、思うように歩けず、よけいな時間を食っているのかもしれないと、お秋は自分をなぐさめた。

体が冷えて来て、お秋は部屋に戻った。

そこで、さらに四半刻が過ぎた。落ち着かなくなってきた。いったい、藤吉は何をしているのだろうか。

梯子段に足音がした。栄次郎が下りて来たのだ。

「藤吉さん。まだですか」

栄次郎が顔を覗かせた。

「ええ。もう、とうに来てもいい時分ですけど。何かあったのかしら」

お秋は心配になった。おとよの顔が過《よぎ》った。

さらに外が暗くなって来ると胸騒ぎがして、お秋は羽織に袖を通した。

「女将さん。お出かけですか」

女中が驚いてきいた。

栄次郎も下りて来た。

「お秋さん。出かけるのですか」

「はい。ちょっと気になりますので」

「私もごいっしょしましょう。暗くなってきましたし」

お秋の返事もきかず、栄次郎は二階に刀を取りに行った。

外に出ると、雨は上がっていた。

お秋は栄次郎とともに稲荷町の藤吉の家に向かった。道はぬかるみ、水たまりも出来て、歩きづらかった。

「お秋さん、だいじょうぶですか」

「はい」

焦っているせいか、お秋は何度かぬかるみに足をとられそうになった。

ようやく、稲荷町の長屋に着いた。お秋は長屋路地を入り、藤吉の住まいの前に立った。腰高障子に手をかけようとして、お秋は唖然とした。中は暗い。

戸は開いた。だが、中は真っ暗だ。藤吉はいなかった。お秋は部屋に上がり、行灯に灯を入れた。

部屋の中は昼にお秋が引き上げたときと変わりはなかった。

栄次郎が土間に入って来た。

「今、隣りのおかみさんにきいたら、昼過ぎに、男のひとが訪ねて来て、いっしょに出て行ったそうです」

「男のひと？」

「心当たりは？」

「ないわ」

お秋は首を横に振った。

「これから妻恋町に行ってみます」

お秋は土間を出た。

「妻恋町？」

「藤吉さんは妻恋町の『串本屋』に届け物があったのです。そのあとで、私の家に来ることになっていたんです」

「これから妻恋町までたいへんです。私が行ってみます。お秋さんは先に帰っていてくれませんか。ひょっとしたら、行き違いがあって、今頃は家に来ているかもしれませんから」

「わかりました。そうします。栄次郎さん、すみません」

長屋木戸を出たところで、妻恋町に向かう栄次郎と別れ、お秋は黒船町に戻った。

藤吉を訪れた男とは誰だろうか。そう言えば、藤吉の知り合いには引き合わせてもらっていない。

お秋が気になるのは、おとよのことだ。まさか、おとよが知り合いの男に頼んで藤吉を誘き出したのでは……。

だが、すぐ考えは否定した。藤吉は二度とおとよに会わないと言っていたし、おとよだって旦那の目を掠めて藤吉と会うのは危険だと承知しているはずだ。あれほどの折檻をうけたのだ。

そう思うと、案外と藤吉はお秋の家に来ているかもしれない。かえって、お秋がいないので困っているかもしれない。

早く家に帰りたいと心が急いた。すっかり、夜の帳《とばり》が下り、呑み屋の赤提灯の明かりが輝き、雨上がりの町に行き交うひとの影が多くなった。

だが、藤吉の姿はなかった。

やっとの思いで、黒船町に帰って来た。

お秋は家に駆け込んだ。だが、家の中に何も変わったことはなかった。藤吉が来ていないことはすぐわかった。

「私を訪ねて誰か来なかったかい？」

お秋は女中に訊ねた。

「いえ、どなたも」

「そう」

全身から力が抜けて行くのがわかった。お秋はよろけるように居間に入った。

羽織をようやく脱いだ。藤吉に何かあったのか。胸が張り裂けそうになった。

女中が夕餉の支度が出来たと言いに来たが、いらないと断った。胸がつかえ、食べる気がしなかった。

胸騒ぎがしてならない。いったい、藤吉に何があったのだ。妻恋町の『串本屋』の旦那は藤吉を贔屓にしてくれていると言っていた。『串本屋』の旦那に引き止められて、帰れなくなっていることはないか。

お酒を出され、呑み過ぎてしまったとか。

もし、そうなら、栄次郎が帰ってくればわかる。今度は栄次郎の帰りを待ちわびた。

栄次郎が帰って来たのはそれから半刻(一時間)後だった。お秋は土間に飛び出した。

「どうでしたか」

お秋はきいた。

「だめです。妻恋町に『串本屋』という店はありませんでした」

「えっ」

一瞬、目の前が真っ暗になった。足の力が抜け、くずおれそうになるのを栄次郎があわてて支えてくれた。

お秋は居間に力なく座り込んだ。頭が麻痺したようになって、いっとき何も考えられなくなっていた。

しばらくして、徐々にいろいろなことが蘇って来た。

「藤吉さんは、私に嘘を……。なぜ、なぜなの?」

お秋は喚くように言った。

「お秋さん。藤吉さんは、以前はどこかに奉公していたと言いましたね。お店がどこか、わかりますか」

「いえ。ただ、芝の商家とだけ」

思い出してみたが、店の名前は聞かなかった。

「では、小間物の品物をどこから仕入れていたかは？」

「いえ。知りません」

そう答えて、お秋は啞然とした。自分は藤吉のことを何も知らないのだ。いや、私がきこうとしなかったのだと、お秋は自分の迂闊《うかつ》さを責めた。

おとよとのことや崎田孫兵衛とのことばかりに心をとらわれて、藤吉のことを知ろうとしなかった。いや、藤吉の誠実な人柄に、その必要を感じなかった。目の前にいる藤吉そのものがすべてだった。

「信じられない。藤吉さんが私に嘘をついていたなんて」

「嘘でなく、言えなかったのではないでしょうか。確かに隠していることがあった。でも、そのこと以外は真実だったと思います」

「いったい、どうしたのかしら。やっぱり、おとよって女が」

お秋の心に嫉妬の炎が燃えた。

「急いで結論づけてはいけません。明日まで待ちましょう。藤吉さんには、お秋さんに言えない事情があったんだと思います。お秋さんにも崎田さまのことがあるように。そのことにけりをつけるのに手間取ったのかもしれません」

「ええ……」

お秋は小さく頷いた。

「明日まで待ちましょう。いいですね」

栄次郎は念を押した。

「はい」

それからしばらくして栄次郎は引き上げて行った。

その夜、お秋はまんじりともしない夜を明かした。

朝早く、お秋は稲荷町の与兵衛店にやって来た。雨はすっかり止み、青空が覗いていた。

長屋の路地には納豆売りがやって来て、長屋の女房たちが集まっていた。お秋はその脇を通って、藤吉の住まいの前に立った。

腰高障子を開けた。藤吉の姿はなかった。ゆうべ帰った形跡はない。お秋は呆然と佇んでいた。

第四章　男の素性

一

今朝、栄次郎は明神下の新八の長屋に寄った。ちょうど、朝飯を食べ終わったばかりのようだった。

新八は椀を流しに片づけてから、

「さあ、どうぞ」

と、上がるように勧めた。

「では」

大刀を腰から外し、栄次郎は部屋に上がった。

「この前、お秋さんのいいひとの藤吉さんの話をしましたね」

「ええ。崎田さまに引導を渡すたいへんな役目を請け合われて」

新八は同情するように笑った。

「その件なんですが、じつは藤吉さんの行方が知れなくなったんです」

「えっ。どういうことですかえ」

新八は真顔になった。

「きのう、私に藤吉さんを引き合わせてくれることになっていたんです。ところが、とうとう藤吉さんは現れなかった。それで、長屋まで行ってみたんですが、出かけたままでした」

そのときの様子を話した。

「そうですか。それはお秋さんも心配しているでしょうね」

「ええ。いつもお願いばかりで恐縮なんですが、場合によっては藤吉さんのことを調べてもらいたいのです。というのも、どうも藤吉さんはお秋さんにほんとうのことを話していないような気がするんです」

「よございますよ。調べてみましょう」

「もっとも、今頃は何ごともなかったかのように、藤吉さんはお秋さんの前に現れているかもしれませんが」

「そうだといいですね」

「ところで、『三国屋』の寮はどうでしたか」

「ええ。忍び込んでみたんですが、特に変わったところはありませんでした。ただ、大量の古着が置いてありました。寮というより、倉庫でした」

「大量の古着ですか。そこから、豊島町の『三国屋』に船で運ぶのでしょうか」

「そうだと思います」

「一度、豊島町の『三国屋』を見てみたいので、これから行ってみます」

「では、ごいっしょします」

火鉢の炭を消壺に移してから、新八は外出の支度をした。

外に出て待っていると、新八が出て来た。着物を着替えて来たのだ。

「だいぶ、いい陽気になってまいりましたね」

長屋木戸を出てから、新八は爽やかな風を思い切って吸い込んだ。

「梅もそろそろ見頃でしょうか」

栄次郎は梅の香をかいだような気がした。

神田川沿いに出た。柳も芽吹いてくる頃だ。

和泉橋の袂を過ぎ、新《あたら》シ橋のほうに向かっていると、対岸の土手でひとだかりがしていた。

「何かあったようですね」

新八が緊張した声を出した。

栄次郎と新八は新シ橋を渡ってひとだかりに近付いた。みな、土手下を見ている。

職人ふうの男が死体が転がっていたそうだと言った。死体が男だと聞いて、藤吉のことが脳裏を掠めた。

栄次郎と新八は新シ橋南詰の袂で野次馬といっしょに土手下を見た。

同心と岡っ引きの磯平が死体を検《あらた》めている。

「栄次郎さん。まさか」

新八が小声で言った。

「ええ。気になります」

藤吉のことがあるので、栄次郎は心が騒いだ。死体は二十代の男らしい。だが、栄次郎は藤吉の顔を知らない。ただ、自分に雰囲気が似ていると、お秋から聞いていた。

磯平が顔を向けた。栄次郎は一歩前に出た。磯平が近付いて来た。

「磯平親分。死体の身許は？」

栄次郎はきいた。

「いえ、身許がわかるものは持っていません。矢内さま、何か心当たりが？」

磯平の目が鈍く光った。

「じつは、あっしが何度か会った小間物屋がきのうから姿を見せないので気になっていたんです」

新八が口をはさんだ。

「おめえは新八？」

「へえ」

一時、磯平は新八を盗っ人の疑いで追いかけていた。だが、栄次郎の兄栄之進が新八を御徒目付の手先にして、奉行所の追及から逃してやったという経緯がある。

磯平は新八から栄次郎に顔を戻し、

「ちょっと待ってくださいな」

と言い、同心のそばに行った。

何ごとか囁いてから、戻って来た。

「じゃあ、顔を見てもらいましょうか」

磯平は新八に声をかけた。

栄次郎と新八は死体のそばに行った。磯平の手下が筵《むしろ》をめくった。

土気色の顔が現れた。新八があっと声を上げたのは、細面の顔立ちが栄次郎に少し似ていたからだ。栄次郎も自分に似ているようだと思った。それは、そういう意識で見るからのようだ。磯平はそこに気がまわらないようだ。

「どうですね」

「死に顔でははっきり言えませんが、稲荷町の与兵衛店に住む藤吉って男に似ているような気がします。でも、ひと違いかもしれません。念のため、与兵衛店の大家に確かめていただけませんかえ」

磯平は手下を稲荷町に走らせた。

栄次郎も死体は藤吉にほぼ間違いないと思った。

改めて死体を見ると、心《しん》の臓を突き刺されているのがわかった。傷は一カ所。それで相手を絶命させている。かなりの手練《てだれ》だ。

死体の様子から死後半日以上は経っていることがわかる。殺されたのはきのうの昼間だ。雨が降っている頃だ。

四半刻（三十分）以上経って、大家がやって来た。

死体の顔を見て、

「はい。藤吉に間違いありません。いったい、どうしてこんな目に」

と、大家は昂奮して言った。

栄次郎はお秋のことを心配した。藤吉が殺されたと知ったら、どれほど嘆き悲しむか。藤吉と所帯を持つことを楽しみにしていたのだ。

お秋に藤吉の死を告げるのは自分の仕事だと思った。

「あとはあっしがうまく話しておきます。栄次郎さんはお秋さんのところに行ってあげてください」

「じゃあ、お願いします」

栄次郎は磯平にも挨拶してその場を離れた。

両側に武家屋敷が並ぶ向柳原《むこうやなぎわら》を通り、栄次郎は三味線堀に差しかかった。このまま、まっすぐ行けば稲荷町だ。

きのう、藤吉はこの道を通って現場に向かったのだろう。ひとりではない。下手人もいっしょだったのではないか。

この通りに幾つかの辻番小屋がある。辻番が藤吉らを見かけているかもしれない。あとで、磯平親分が聞き込みをするだろう。

栄次郎は三味線堀から右に折れ、黒船町に急いだ。

お秋の家に辿り着いたが、栄次郎はすぐに足を踏み入れることが出来なかった。気が重たかった。

悲嘆にくれるお秋を見るのがつらかった。しかし、事実を告げねばならない。深呼吸をしてから、栄次郎は土間に入った。

お秋は居間でぼんやりしていた。

「あっ、栄次郎さん」

お秋は力のない声を出した。

「朝、藤吉さんの長屋に行って来たわ。きのうから帰ってなかった。それから、長屋のひとにきいたら、小間物屋だということは誰も知らなかった。藤吉さん、私に嘘をついていたみたい」

お秋は感情を失ったように言った。

栄次郎はお秋の前に座った。硬い表情の栄次郎に、お秋は微かに眉を寄せた。

「お秋さん。悲しいお知らせをしなくてはなりません」

栄次郎はそう言った。

「悲しい知らせ……」

お秋は口をわななかせた。

「まさか、藤吉さんに何か」

急に、お秋が立ち上がりかけた。

「今朝、藤吉さんの死体が柳原の土手下で発見されました」

「えっ」

お秋がかっと目を見開いた。

「嘘でしょう。栄次郎さん、嘘でしょう。悪い冗談はやめて」

お秋の顔が泣き笑いになっている。

栄次郎は痛ましかったが、思い切ってもう一度口にした。

「藤吉さんは殺されました。もう、藤吉さんはいないのです」

「やめて」

お秋は両手で耳を塞いだ。

「そんな冗談、聞きたくない。やめて」

栄次郎はやりきれなかった。

いきなりお秋が立ち上がった。思い詰めた目だ。

「どうしたんですか」

「これから、藤吉さんに会って来ます」

「お秋さん」

「藤吉さんが呼んでいるわ。早く、来てくれって」

「お秋さん。落ち着いて」

「だって、藤吉さんに会わなくては」

お秋は羽織を取り出した。本気で出かける気になっている。

「いけません」

心を鬼にし、栄次郎はお秋の前に立ちはだかった。

「お秋さん。よく聞くのです。藤吉さんは亡くなったのです」

「亡くなった……」

お秋は呆然と呟いた。そのまま、お秋はくずおれた。

ふとんの中で泣きじゃくっていたお秋は泣きつかれて寝入った。昨夜はほとんど眠れなかったに違いない。

女中にあとを任せ、栄次郎は二階に上がった。

きょうは三味線を弾く気にもなれない。なぜ、藤吉は殺されなければならなかったのか。それより、藤吉は何者だったのか。

お秋に話したことはでたらめだったような気がしている。芝にある商家で手代をしていたということも、今は小間物の行商をしているということも偽りだ。

だが、藤吉のお秋に対する気持ちが偽りだったとは思えない。お秋とて、孫兵衛のことでは嘘をついていたが、藤吉への思いはほんとうだった。

さらに、藤吉がお秋に話したことでほんとうのことがある。おとよという女のことだ。小間物の行商でまわっているときに誘惑されたというのは嘘だろうが、ふたりが情事を重ねていたのは間違いない。

藤吉の素性を探る手掛かりはおとよだと思った。

梯子段を駆け上がって来る足音がして、新八が障子を開けて顔を出した。

「お秋さん、いかがでしたか」

「ええ、泣きじゃくっていました」

「無理もありません」

新八は痛ましげに答えた。

「今、寝ています」

「時が解決するのを待つしかありません」

新八はため息をついて言ってから、

「大家の話では、藤吉はときたま仕事で長屋をひと月ぐらい留守にすることがあったそうです。なんでも、品物を仕入れに行っているということでした」

と、話しはじめた。

「ときたまひと月ぐらい出かけているということですか」

「ええ、大家もなんの品物かは聞いてないです」

新八は続けた。

「それから、三味線堀の近くにある辻番の親父が、きのうの昼下がり、唐傘を差した三人連れの男を見てました。ふたりの男がひとりをはさむようにして歩いていたそうで。傘で、顔は見えなかったということです」

「はさまれていた男が藤吉のようですね」

「ええ。ふたりの男が何者なのか。手掛かりは、ふたりが遊び人ふうだったということだけです」

「三人はどこかへ行くつもりだったんでしょうか。それとも、殺すつもりであの場所に誘き出したのでしょうか」

「やはり、どこかへ行く途中だったのではないでしょうか。はじめから殺すつもりなら、夜を選んだと思います。いくら雨が降っていたとしても、昼間ではひと目につく可能性がありますからね」

「すると、途中で藤吉は危険を察して逃げようとした。それで、あの場所で」

「おそらく、そうだと思います」

いったい何があったのか。

「栄次郎さま」

障子の外で、女中の声がした。

「磯平親分がいらっしゃっています」

「来ましたか」

栄次郎は立ち上がった。藤吉の長屋に行けば、お秋のことが磯平の耳に入ることはわかっていた。ただ、それがお秋だとはまだ気づいていないだろう。

出来ることなら、お秋のことは磯平には黙っていたかった。孫兵衛の耳に入ることを恐れたのだ。

栄次郎は階下に行った。

磯平が土間に立っていた。

「親分。ごくろうさまです」

栄次郎が言うと、磯平は声をひそめ、

「女将さん、具合が悪くて寝ているとか。ちょっとよろしいでしょうか」

女中から聞いたのだろう。

「ええ、外に出ましょう」

栄次郎は草履を履いて磯平といっしょに戸口に向かった。

柔らかい陽光が射していた。大川の川面も穏やかだ。

「どうも藤吉という男には謎が多そうです」

御厩河岸に出てから、磯平が口を開いた。

「小間物を商っているのは嘘だったのですね」

「ええ。そんな形跡はありません。ときたまひと月ほど、遠出をしていたようです。仲間が訪ねて来ることはめったになかったそうですが、最近、色っぽい年増が藤吉の住まいを訪れていたといいます」

栄次郎は気づかれないように息を大きく吐いた。

「それから、女が引き上げたあと、男が訪ねて来て、藤吉といっしょに出かけました。おそらく、その男が下手人だと思います」

「男の特徴はわかったのですか」

「いえ、きのうはなにしろ雨が降ってましたからね。傘で隠れて、長屋の者は顔を見ていないんですよ」

「そうですか」

栄次郎はふと気になっていたことをきいた。

「磯平親分。益次郎も心《しん》の臓をひと突きにされていたんですね。藤吉もそうでしたね」

「そういえばそうでした。ひょっとして」

磯平ははっとしたように鋭い目をぎらつかせた。

「ええ。かなり匕首《あいくち》の扱いに手慣れています。同じ下手人の可能性が高いと思われます。それに、藤吉が盗品買いの仲間だとしたら、ときたまひと月ほど住まいを留守にしているわけもわかります。その間、上州や野州などに出向いて盗品を買い漁って来るんじゃないでしょうか」

「なるほど。藤吉は『七つ下がりの五郎』の一味かもしれませんね」

磯平は昂奮を押さえながら答えた。

「親分は神田豊島町にある呉服店の『三国屋』をご存じですか」

「主人は与右衛門という男ですね。『三国屋』が何か」

「『三国屋』に盗品買いの疑いがあるのです」

「なんですって」

栄次郎はこれまでの経緯を話した。磯平は聞き終えて唸った。

「今思いついたのですが、『三国屋』のある神田豊島町は藤吉の死体が発見された場所から近いですね。新シ橋を渡り、柳原通りを越えれば豊島町です。もしかしたら、藤吉たちは『三国屋』に向かうところだったかもしれません」

「十分に考えられますね」

磯平は大きく頷いた。

「安売りで『三国屋』を急速に大きくしたのは主人の与右衛門の手腕でしょう。しかし、やり方はまっとうなものだったか」

栄次郎は疑問を口にした。

「徹底的に調べてみます」

「気づかれないように慎重にお願いいたします」

「わかりました」

磯平と別れ、お秋の家に戻った。

二階の部屋で、新八が待っていた。

「どうにか、お秋さんのことが問題にならずに済みそうです」

栄次郎はほっとしたように言ってから、磯平と語り合ったことを新八にも話した。

「なるほど。どうやら、少しは見えてきましたね」

「ええ。これは磯平親分にも話していないことですが、鍵はおとよという女です。藤吉は小間物の行商で誘惑されたと言っていたようですが、ほんとうはおとよは一味の誰かの情婦だったのかもしれません。おとよのことを調べていただけませんか。上野元黒門町に住まいがあるそうです。場合によっては、私はおとよに接触してみるつもりです」

「わかりました。では、さっそく」

新八は立ち上がった。

「もう行くのですか」

「ええ。お秋さんの顔を見るのがつらいですから。このまま、行きます」

「そうですか。じゃあ、お願いします」

いっしょに階下に行き、新八を見送ってから、栄次郎はお秋の寝所に顔を出した。

「お秋さん。気分はいかがですか」

栄次郎は声をかけた。

だが、返事はない。眠っているようなので、栄次郎はそのまま部屋を出た。が、微かに吐息が聞こえた。お秋は起きているようだ。だが、答える気力もないのかもしれない。今のお秋にどんななぐさめの言葉をかけても無駄だろう。そっとしておくしかないのだと、栄次郎は思った。

二

お秋の家を出てから再び三味線堀を通り、栄次郎は向柳原から新シ橋にやって来た。橋を渡ると、藤吉の死体が見つかった場所に出る。藤吉はふたりの男に連れられてここまでやって来たとき、いきなり逃げ出そうとしたのであろう。

今は、死体も片づけられて、事件のあった痕跡のない現場を横目に、栄次郎は柳原通りを横切って、豊島町に入った。

改めて、『三国屋』を見に来たのだ。呉服店の『三国屋』はすぐにわかった。漆喰《しっくい》の土蔵造りで、大きな紺の暖簾に、白抜きで三国屋と書いてある。

栄次郎は店先を眺めた。広い土間に何人もの奉公人が立ち働き、客も多かった。それから、裏道に入ってみた。

庭も広そうだった。藤吉はここに連れて来られることになっていたのだろうか。

ふと、裏口から人相のよくない男が出て来た。栄次郎はとっさに塀の角に隠れた。

男は辺りを見回してから、通りのほうに足を向けた。四十前の顎が尖ってふてぶてしい顔つきの男だ。

栄次郎はその男のあとをつけた。

男は柳原通りを西に向かった。柳原通りを行き交うひとは多く、町駕籠がすれ違って行く。

男は途中、和泉橋のほうに折れた。栄次郎も続く。

和泉橋を渡り、御徒町《おかちまち》の小禄の武家地をすたすたと歩いて行く。栄次郎は尾行を感じさせない歩き方で、男をつけた。

男は下谷広小路のほうに曲がった。やがて、男は上野元黒門町に入って行った。

いかにも妾宅らしい黒板塀の二階家に、男が入って行った。栄次郎はお秋の言葉を思い出した。

藤吉の相手のおとよという女は元黒門町に住んでいると言っていた。この家がそうかもしれないと思った。

新八がどこかにいるかもしれないと辺りを探ると、少し先にある酒屋から新八が出て来た。栄次郎はそのほうに向かった。

「栄次郎さん」

新八も気づいて駆け寄った。

「あっち へ行きましょう」

栄次郎は不忍池のほうに誘った。

「『三国屋』の様子を見に行ったら、四十前のふてぶてしい感じの男が裏口から出て来たのであとをつけたんです。そしたら、黒板塀の二階家に入って行きました」

「そうでしたか。あそこがおとよの家です。その男は十郎太《じゅうろうた》といい、おとよの情夫だと思います。いろいろ、聞き回っていたんですが、あの家にはときたま人相のよくない連中が集まって来るそうです」

「『三国屋』の主人与右衛門と十郎太、そしておとよと藤吉。だいぶ、見えてきました」

「ええ。近所できくと、十郎太もときたま旅に出かけて、ひと月ぐらい帰って来ないことがあると言ってました」

「そうですか」

栄次郎はふと不安を抱いた。

「いつまた、十郎太たちが旅に出るかもしれません。それまでに、なんとかしないと」

「そうですね。私はあの家を出入りする連中を調べてみます」

「お願いします。『三国屋』のほうは磯平親分が調べています。あとは、『松島屋』の件です。これから、金子さまに会って来ます」

栄次郎は新八と別れ、八丁堀に向かった。


それから、小半刻後、栄次郎は金子惣太郎の屋敷の客間で、惣太郎の帰りを待っていた。惣太郎が帰って来たのは五つ（午後八時）をまわっていた。

「矢内どのか。すまなかった」

惣太郎は急いで部屋に入って来た。

「いえ、勝手に待たせていただきました」

「『松島屋』のことで、妙なことがわかってきた」

惣太郎はさっそく切り出した。

「妙なことと仰いますと？」

「奉公人や同業の者などに話を聞いてまわったところ、あの店を実際に取り仕切っていたのは弟の益次郎のほうだという」

栄次郎はなんとなくそんな気はしていた。益次郎の一存で盗品を扱うようになったというのが、栄次郎の考えだった。

「それと、益次郎は益太郎の妻女、つまり義姉に岡惚れしていたようだ」

「益次郎が？」

これは意外だった。益次郎が義姉に岡惚れしていたとすると、これまでの見方ががらりと変わる可能性がある。

妻女が自分の体を代償に崎田孫兵衛に手心を加えてもらうように頼んだから自分は遠島にならなかったのだと、益太郎は気づいた。それでかっとなって妻女を殺し、自分も首をくくった。このとき、益太郎は孫兵衛への恨みを益次郎に訴えていた。だから、兄思いの益次郎が益太郎に代わって孫兵衛を殺すために刺客を雇った。そう考えていた。

だが、益次郎が義姉に岡惚れしていたとなると様相が異なってきそうだ。

「益次郎が義姉に岡惚れしていたというのはほんとうなのでしょうか」

「何人かの奉公人が、益次郎が義姉に言い寄っているのを見ていた。手込《てご》めにしかねない様子だったそうだ。また、そのことで、益太郎とも言い合いになっていたそうだ」

金子惣太郎は苦しげに顔を歪め、

「益次郎が孫兵衛に刺客を送ったのは益太郎の恨みを晴らすためではない。己の嫉妬心からだったに違いない。刺客は益次郎が一存で送ったのだ」

と、吐き捨てた。

「金子さま。ひょっとすると、すべて益次郎が仕組んだことではないでしょうか」

「仕組んだこと？」

「あの盗品の着物の件です。益次郎が益太郎をはめるためにわざと盗品だとばれるようにしたとは……」

「なんだと」

「益次郎は『松島屋』から益太郎を追い払い、店と義姉の両方を手に入れようとした。それが、あの盗品の着物騒ぎ。ところが、義姉は益太郎を助けるために金子さまにすがった。そのために、遠島にならずに済んだ。まず、これが益次郎の誤算です」

「うむ」

金子惣太郎は唸った。

「次の誤算は、益太郎が妻女を殺し、自分も首をくったことです。これで、益次郎の奸計はすべて狂ってしまった。憎きは義姉の体を自由にし、さらに益太郎を三十日間の『戸締』の刑で済ました崎田孫兵衛です。だから、刺客を雇った」

「まさか、そのようなことが……」

「益次郎がいなくなった今、真実はわかりません。しかし、益次郎が益太郎のために刺客を雇うとは考えられません。やはり、自分の恨みを晴らすためではなかったでしょうか」

栄次郎は、さらに考えを進め、益次郎が義姉を手込めにしようとしたことで益太郎との仲が険悪になった。それで、益次郎が義姉を殺し、益太郎を自害に見せかけて殺した。その可能性も考えたが、このことはもはや証《あか》すことは出来ない。

「金子さま。盗品を買い漁る『七つ下がりの五郎』という一味がいるそうですね。この一味と益次郎はつながっているとみていいと思います」

「益次郎は仲間割れで殺されたか」

「おそらく。店も義姉をすべてを失った益次郎は一味を威《おど》し、金を強請《ゆす》ろうとした。それで逆に殺された」

自分の言葉に、栄次郎は己で反応した。

「ひょっとして」

「何か」

「はい。今まで、益次郎は橋場の『三国屋』の寮で殺され、浅茅ヶ原に運ばれて埋められたと考えていました。でも、殺されたのは豊島町の店だったかも」

益次郎が威したのは『三国屋』の主人与右衛門ではないか。だが、逆に殺された。死体は神田川から船で橋場に運ばれた。

栄次郎はそんな気がして来た。

「今の話、高瀬文之助にも話しておく」

「はい。お願いいたします」

栄次郎は頭を下げ、腰を浮かせた。


翌朝、栄次郎は明神下の新八の長屋に寄った。

「さあ、どうぞ」

新八が上がるように言う。

「きょうは陽気もいいです。外に出ませんか」

「わかりました」

栄次郎は新八を誘って長屋を出た。

無意識のうちに足は神田川に向かった。草の芽が萌えだして、ようやく春色が濃くなりはじめた。対岸の柳原の土手の柳も芽吹いている。

「きのうは他の者は誰もあの家に出入りはしませんでした」

新八は残念そうに言った。

「そうですか。金子さまと話していて気づいたことがあるんです。益次郎は、橋場の寮で殺されたのではなく、豊島町の『三国屋』の屋敷内で殺されたのかもしれません」

栄次郎は益次郎が三国屋与右衛門を強請った可能性を話した。

「なるほど。益次郎はなかなかの悪だったようですね」

「ええ。もしかしたら、益太郎夫妻も益次郎が殺した疑いもありますが、これは今となってはわかりません」

新シ橋を渡った。そして、渡ったところで立ち止まった。

「藤吉も『三国屋』に連れて行かれるところだったと思います」

「なぜ、藤吉は『三国屋』に連れて行かれることになったのでしょうか。それと、なぜ、殺されたのか」

藤吉の死体が見つかったほうに目をやって、新八がさらに付け加えた。

「それより、藤吉はどういうつもりでお秋さんといっしょになろうとしたのでしょうか。まさか、お秋さんも盗品買いの仲間にするつもりだったのでしょうか」

「そのことですが、お秋さんは藤吉さんを心から信じきっているようでした。もし、邪《よこしま》な考えがあれば、お秋さんはおかしいと思ったはずです。それがなかったのは、藤吉さんは一味を抜けるつもりだったのでは」

「一味を抜ける？　そうか、あの日は一味を抜けたいと訴えるために三国屋与右衛門に会いに行くところだった。ところが、途中、藤吉は危険に気づき、逃げ出した。だが、追いつかれてここで刺された」

「ええ、そういうことだったのではないでしょうか。お秋さんのためにも、そうであって欲しいと思います」

「お秋さん。だいじょうぶでしょうか」

新八が心配した。

「ええ、お秋さんは強いひとです。だいじょうぶですよ。ただ、真実を教えてやらなければ心の整理がつかないでしょうね」

「盗品買いの一味だと知ったらどう思うでしょうか。激しい衝撃を受けるでしょうね」

「ええ、でも、お秋さんのためにその一味から脱け出そうとしたんです。それが、せめてものお秋さんのなぐさめになるかも」

「そうですね」

その場から離れかけたとき、柳原通りをやって来る磯平の姿を見つけた。磯平もこっちに気づいたようで、足早に近付いて来た。

「矢内さま。さっき、高瀬さまから『松島屋』の件を聞きました。まさか、益次郎がとんでもないことを仕掛けていたとは」

磯平は口許を歪めた。

「益次郎は『三国屋』で殺され、船で橋場に運ばれたのではないでしょうか。藤吉も『三国屋』に連れて行かれるところだったと思います」

「すべては『三国屋』ですね。ただ、与右衛門はひと当たりがよく、評判も悪くないのです。尻尾をなかなか摑ませそうにもありません」

「証拠ですね」

栄次郎はふと思い出したことがあった。

「磯平親分。上州や野州のほうから盗難にあった着物の柄《がら》や特徴などはこっちに届いているのでしょうか」

「ええ、あるはずです」

「それをお借り出来ませんか。橋場の寮にある古着と照らし合わせてみるのです」

「寮にはどうやって？」

磯平が口にした。

「新八さんにやっていただきます。新八さんは御徒目付の手先としてそういうことにも馴れていますから」

盗っ人だったとは言えず、御徒目付の手先であることを強調した。

「そうですかえ。わかりました。さっそく盗難品の記録を借りて、明日にでも黒船町の家に持参いたします」

そう言い、磯平は離れて行った。

だが、十郎太らの仲間の全容がまだ摑めない。どうやって、それを探り出すか。

（およよ……）

栄次郎は何かが心に浮かんだ。

そうだ、とっかかりはおとよだと思った。栄次郎はお秋の家に向かった。

三

お秋は目を開けた。部屋の中に陽光が射している。

今、何刻だろうか。ずっと寝たり目覚めたりしていた。気だるさに、起き上がるのも億劫だった。

寝入ってはいろいろ夢を見ていた。すべて、藤吉とのことだった。

はじめて藤吉を見た瞬間、栄次郎が町人姿に化けて、お秋を驚かせに現れたのだと思った。

だが、後ろに色っぽい年増がいた。女のほうが男を引っ張っているようだった。

「お部屋、お借り出来るかしら」

逢引き客だと悟るまで、お秋は時間を要した。それほど、栄次郎に似た男が女と連れ立ってやって来たことが信じられなかったのだ。

男が二度目にやって来たときはひとりだった。連れはあとから来ますと、恥ずかしそうに言った。だが、女は現れなかった。

その次も男はひとりでやって来た。やはり、女は現れなかった。

女が現れなかったことに心の中では喜びながら、待ちぼうけを食わされた男が可哀そうに思えた。まるで、栄次郎が悲しんでいるように思えたのだ。

お秋は男の話し相手になった。それが運命の境目だった。お秋は心をぐっと引き寄せられた。

男は藤吉と名乗った。芝の商家で手代をしていて、そこをやめてから小間物の行商をしているという話を疑いもしなかった。

藤吉との逢瀬にお秋は夢のような時を過ごした。はじめて、お秋は恋に溺れた。確かに最初は栄次郎への叶わぬ思いが藤吉に向けられていただけかもしれない。だが、何度か逢ううちに藤吉の真《まこと》を知り、藤吉は自分の命になっていた。

その藤吉がふいにいなくなった。お秋にひと言も別れを告げずに去って行った。

(なぜ、死んだの？)

何度同じ言葉を叫んだか。

(どうして私をいっしょに連れて行ってくれなかったの)

脳裏に浮かぶ藤吉の顔に、お秋は訴えた。

「女将さん。だいじょうぶですか」

女中が襖の向こうから声をかけた。

無意識のうちに、呻き声を発していたらしい。

「だいじょうぶよ」

お秋はどうにか声を出した。

「今、何刻？」

「さっき七つ（午後四時）の鐘が鳴っていました」

「七つ？」

「女将さん、丸一日以上お休みになられていました」

「丸一日？」

自分でも驚いた。きのうの昼前から倒れ込んで、やっと今目覚めたのだ。

「そんなに経っていたんだね」

「女将さん。お昼の支度が出来ていますが」

「まだ、いいわ」

「はい。それから、栄次郎さまもさっきお見えになりました」

「そう……」

栄次郎に会うのもつらいと思った。

女中が襖の向こうから去る気配に、お秋はため息をついた。このまま、焦がれ死にしてもいいと思った。

もう、この世に未練はない。あの世で、藤吉さんとまた会いたい。そう思ったとき、もうひとりのお秋の声がした。

藤吉さんは殺されたんだよ。仇をとってやらなくていいのかえ。それより、おまえは藤吉さんのことを何も知らない。知りたくないのかえ。おまえに対する気持ちはほんものだったかどうか、確かめなくてもいいのかえ。

矢継ぎ早に心のもうひとつの声が聞こえた。そうだ、藤吉さんは私のことをどう思っていたのだ。単なる遊びだったのか。いや、そんなはずはない。藤吉は誠実だった。しかし、藤吉は嘘をついていた。小間物の仕事をしている形跡はなかったという。さらに、最後の日、妻恋町の『串本屋』という店に品物を届けて来ると言っていた。妻恋町にそのような店はなかったのだ。

藤吉は訪ねて来た男といっしょに長屋を出て、そのまま死出の旅に立ってしまった。いったい、その男は何者なのだ。

藤吉のことは何も知らなかった。お秋は愕然とするしかなかった。せめて、知りたい。藤吉がどのような男で、そして私に対してどんな思いでいたのか。お秋はそう思った。

お秋は起き上がった。

部屋を出ると、女中が飛んで来た。

「女将さん。だいじょうぶですか」

「ええ。栄次郎さんが来ているんだね」

「はい。女将さんが起きるのを待っているみたいです。呼んで参りましょうか」

「いいわ。私が行きます」

お秋は羽織を引っかけて梯子段を上がった。

三味線の音はしない。稽古をしているわけではないようだ。

「栄次郎さん」

障子の前に腰を下ろし、お秋は声をかけた。

「お秋さん。どうぞ」

栄次郎の声がした。

障子を開けると、栄次郎は窓辺の手摺りに寄り掛かっていた。

「お秋さん。来てごらんなさい。遠くに、筑波の山がよく見えます。都鳥が舞って、白魚舟もたくさん出ていますよ。春ですねえ」

お秋は栄次郎の横に立った。

大川の波も穏やかそうだった。栄次郎は気を引き立ててくれようとしているのだと、お秋にはわかった。

「栄次郎さん。ありがとう」

お秋は涙ぐんだ。

「少し寒くなって来ました」

栄次郎は立ち上がり、障子を閉めた。

部屋の真ん中で差し向かいになってから、お秋は切り出した。

「栄次郎さん。藤吉さんがどうして殺されたかわかったんでしょうか」

栄次郎は痛ましげな目を向けて、

「まだ、確かめられたわけではないので、はっきりとは言えません。ですが、想像はつきます」

「想像でも教えてください。何を聞いても、もうだいじょうぶです」

お秋は訴えた。

「そうですか。では、はっきり言います」

栄次郎は一呼吸置いた。

「おそらく、藤吉さんは着物を盗んで売りさばく窃盗団の一味だったと思われます」

「えっ、窃盗団……」

何を聞いても驚かぬ覚悟をしていたが、藤吉がそのような悪の一味の人間だったとは俄《にわか》に信じがたかった。

「あのおとよという女は兄貴分の情婦だったのかもしれません。おとよは兄貴分の目を盗み、藤吉さんを誘っていたんだと思います」

「じゃあ、そのことがばれて藤吉さんはその男に？」

お秋は息を呑んだ。

男がおとよを折檻していた光景を思い出す。おとよを責めただけでは気持ちが治まらず、藤吉まで殺したのか。

「いえ、そうではありません」

栄次郎は否定した。

「違う？　じゃあ、どうして？」

お秋は身を乗り出した。

「藤吉さんはお秋さんを知り、一味から抜けようとしたんだと思います」

「えっ？」

「お秋さんとともに人生を新たにやり直したいと思ったんだと思います。一味はそれを許さなかったんです」

「…………」

ふいに胸の底から何かが突き上げてきて、あわてて手で口を押さえた。が、お秋は嗚咽《おえつ》を堪えることが出来なかった。

「藤吉さんはお秋さんのために堅気《かたぎ》になろうとしたんです。藤吉さんのお秋さんに対する気持ちはほんものだったんです」

「藤吉さん……」

「あの日、藤吉さんは妻恋町の『串本屋』に行くと言いましたね。あれは、おかしらのところに話し合いに行くつもりだったんだと思います。晴れて一味を抜けて、お秋さんに会いに行こうとしたんだと思います」

嗚咽が治まってから、

「藤吉さんは私を騙していたんじゃないんですね」

と、お秋は呟いた。

「そうです。藤吉さんはお秋さんを知ってまっとうな人間になりたいと思ったんですよ」

「栄次郎さん。ありがとう。その言葉だけでも救われます」

お秋は心を落ち着かせてから、

「藤吉さんを殺した男はどうなるのでしょうか」

と、すがるようにきいた。

「必ず、お縄になります。一網打尽まで、あと一歩のところまで来ています。お秋さん。そこで、教えて欲しいことがあるのです」

「何を?」

「藤吉さんの話し方と仕種《しぐさ》を」

お秋は聞き違えたのかと思った。だが、栄次郎の表情は真剣だった。

四

その夜、栄次郎は町人の姿に化け、手拭いで頬被りをして上野元黒門町のおとよの家の裏手に立っていた。

裏口は戸締りがしてある。栄次郎は路地に入り、連子窓から中を覗いた。女がいた。おとよに違いない。

栄次郎は声を殺して呼んだ。

「おとよさん」

はっとしたように、おとよがこっちを見た。

「誰だい？」

おとよは警戒した。

「私だ。藤吉だ」

「えっ、藤吉だって。いい加減なことを言わないでおくれ。いったい、誰なんだね」

「だから、藤吉だ」

栄次郎は頬被りの顔を連子窓越しに見せた。

おそるおそるの体《てい》で近づいて来たおとよがいきなり連子窓に駆け寄った。

「あっ、藤吉。おまえ、ほんとうに藤吉なの？　だって、藤吉は死んだって」

「殺されかかったが、ぴんぴんしている。死んだのは別の男だ。もっとも、俺が死んだことになっているがね。そんな説明はあとだ。中に誰かいるのか」

「誰もいないよ。待って。今、戸を開けるから」

「いや。この家じゃあぶない。おとよさん。ちょっと出て来てくれないか。湯島天神の境内で待っている」

「わかったよ。支度して行くから」

「誰にも知らせないでくれ」

「わかっているよ」

その返事を聞いて、栄次郎は素早く連子窓の下から離れた。

栄次郎は辺りを見回してから不忍池の辺《ほとり》の暗がりを通って池之端仲町から茅町に入り、湯島切通し坂下から女坂までやって来た。

もう一度、振り返る。あやしいひと影はなかった。ゆっくり、女坂を上がり、湯島天神の境内に入った。

そして、拝殿の裏手に身を隠した。おとよがどう出るかわからない。藤吉が生きていたと十郎太に知らせるか、あるいは素直に会いに来るか。

ときたま、お参りにひとがやって来る。芸者の姿もあった。おとよがやって来たのはここに着いてから四半刻後だ。

おとよは女坂を上がって来た。境内の真ん中辺りできょろきょろしている。ついて来た者がいないのを確かめてから、栄次郎は拝殿の裏から出た。

「こっちだ」

おとよを暗がりに呼んだ。明るいところでは別人だと気づかれるかもしれない。いくらお秋から聞いた藤吉の動きや癖などを真似しても、所詮付け焼き刃なのだ。どこでぼろが出るか知れない。

栄次郎は頰被りもとらずにいた。

「俺は死んだことになっているんだ。誰にも姿を見られたくない」

栄次郎はそう言い訳をした。

「でも、よかった。十郎太から藤吉を殺《や》ったと聞かされたときは息が詰まるかと思った。まさか、生きていたなんて信じられない」

「十郎太は出かけているのか」

「ええ、出かけているわ」

「今夜はどこだ？『三国屋』か」

「違うわ」

「他の者もいっしょか」

「そんなことより、これからどうするのさ。まさか、仕返しをするつもりじゃないだろうね」

「このままじゃ済まされねえ」

栄次郎は藤吉になりきって顔を歪め、

「今夜はみなもいっしょなのか」

と、もう一度きいた。

「そうよ」

「どこに集まるのだ？」

「いつものところよ」

おとよは当たり前のように答えた。いつものところがどこかとはきけなかった。きけば、疑われる。

「藤吉。おまえ、なんだか少し変わったね。違う人間みたい」

栄次郎ははっとしたが、

「当たり前だ。俺は死にかけたんだ」

「でも、十郎太は確かにおまえを殺したと言っていたわ。どうして、助かったのさ」

おとよは不思議そうにきいた。

「雨のおかげだ。『三国屋』に連れて行かれる途中で逃げ出した。新シ橋まで逃げたとき、前方から俺と年格好も変わらぬ男が歩いて来た。雨が降っていたからよくわからなかったんだろう。十郎太の野郎、そいつの心の臓をひと突きした」

「…………」

疑わしそうに、おとよは聞いている。

「それより、おとよさんはどうするんだ。いつまでも十郎太にくっついているのか」

「しょうがないわよ。じつの兄だし、兄も旦那には世話になっているからね」

覚えず、あっと声を上げそうになった。おとよは十郎太の妹だったという。では、おとよは……。今口に出た旦那が『三国屋』であることは間違いない。

「あの旦那にくっついていてもろくなことはない」

「でも、兄は旦那の言いなりだから。私が藤吉と逢引きしているのを知って、旦那を裏切るような真似をするなと怒り狂ったわ。旦那から離れることは兄が許さないでしょうよ」

おとよは自嘲ぎみに笑った。

「『三国屋』が何をしているか知っているだろう？」

「だって、それで私たちも潤っているんだから」

「このままでいいと思っているのか」

「仕方ないでしょう」

「俺とこのまま逃げるか」

「どうして、今頃、そんなことを？」

「………」

「私がいっしょに逃げようと言ったとき、煮え切らなかったじゃないの。もっとも、いっしょに逃げたとしてもすぐ捕まって殺されていたでしょうけど。ねえ、それより、どこかへ行こう。いつまでもこんなところにいたんじゃ、ゆっくり話も出来ない」

おとよが誘った。

「十郎太が帰って来る」

「今夜は帰らないさ」

帰らないという言葉から、栄次郎はあることが閃《ひらめ》いた。

みなが集まるいつものところとは、橋場の寮かもしれない。

「すまねえが、今の俺はそんな気にはならない。俺にはやらなければならないことがあるんだ」

「まさか、橋場に行くんじゃないでしょうね」

やはり、そうか。今夜、みなは『三国屋』の橋場の寮に集まっているのだ。当然、与右衛門もいっしょのはずだ。何か打ち合わせをするのだ。十郎太はそこに泊まる。

他の者もそうするのだろう。

「行けば、今度こそほんとうに殺されるよ。兄さんだけじゃなくて、苅田堂太郎《かりたどうたろう》っていう凄腕の浪人もいるんだからね」

「苅田堂太郎……」

「『三国屋』の旦那の用心棒さ。おまえだって何度か会っているはずだ。不気味な浪人だって言っていたじゃないか」

「『松島屋』のことは聞いているか」

「『松島屋』？　知らないわ」

「益次郎って男は？」

「誰だい？　仲間にはそんな名前の者はいなかったはずだけど」

ほんとうに知らないようだ。

「藤吉。あんた、ほんとうに藤吉なのかえ。明かりの下で、顔をよく見せてくれないか」

おとよは疑いだしたようだ。

「俺は藤吉だよ。おまえさんに、二度も浅草黒船町の家で待ちぼうけを食った男だ」

「あっ。だから、あれは兄さんに見つかって行けなかったんだ」

「もう過ぎたことだ」

栄次郎は呟くように言い、

「俺が生きていたってことを誰にも言わずにいてくれ」

と、頼んだ。

「わかったわ。ねえ、もう行ってしまうの？」

「俺にはやらなければならないことがあるんだ。わざわざ呼び出してすまなかった」

「待って」

おとよが栄次郎の胸に飛び込んで来た。

「おとよさん」

「何も言わないで。少し、こうしていたい」

栄次郎はおとよの肩に手をまわした。

「温かい」

おとよが呟いた。

「いつまでもこうしていたい」

ふと冷たいものが胸に伝わった。おとよの涙だと思った。

「おとよさん。そろそろ行かなくては」

栄次郎はおとよの体を引き離した。

「はい」

おとよは素直に離れた。

「ありがとう。おとよさん」

いきなり、栄次郎は身を翻した。


栄次郎は明神下の新八の長屋に寄った。幸い、新八がいた。

「栄次郎さん。その恰好は？」

「今、藤吉になりすましておとよに会って来たんです。今夜、橋場の寮に一味が集まっているようです」

「そうですか。では、すぐに行きましょう」

「一味は今夜ひと晩、寮で過ごすようです。ですから、急ぐ必要はありません。私は磯平親分にも知らせ、それからお秋さんの家で着替えてから向かいます。まだ、五つ（午後八時）です。四つに法源寺《ほうげんじ》の山門で待ち合わせましょう」

「わかりました」

おとよが使いを寮に走らせるかもしれないという不安が過《よぎ》った。今頃、ほんとうに藤吉だったのかと疑問を抱きはじめているかもしれない。

だが、おとよはそこまでするまいと考えた。

明神下から栄次郎は神田佐久間町の自身番に寄った。

「磯平親分に至急連絡をとりたいのです。矢内栄次郎からだと言伝《ことづ》てていただきたいのです。今夜、橋場の寮に一味が集まる。四つに、法源寺の山門で待っていると。出来たら、高瀬さまにも連絡を」

「ちょっとお待ちください。漏れがあってはいけません」

そう言い、詰めていた家主は紙と筆を手にさらさらと栄次郎の言伝てを認《したた》めた。

「これでよろしいでしょうか」

栄次郎は確認してから、

「結構です。よろしくお願いします」

と言い、自身番を飛び出した。

浅草黒船町のお秋の家に駆け込むと、栄次郎は着替えた。そして、刀を持った。

何か言いたげなお秋を残し、栄次郎は橋場に向かった。

五

四つまで間があるので、栄次郎は『三国屋』の寮に向かった。

門は閉まっている。塀に耳をあてがうと中から騒ぐ声が聞こえて来た。打ち合わせが済み、酒盛りになっているのか。

法源寺に向かおうとしたとき、町駕籠がやって来るのを見た。駕籠は栄次郎とすれ違って、『三国屋』の寮に向かった。

駕籠の垂れの隙間から紅色の着物の裾が見えた。栄次郎は駕籠を追った。

門の前で駕籠からおりたのはやはりおとよだった。栄次郎は近寄った。

おとよが警戒ぎみに身構えた。

「おとよさん。やはり、知らせに来たのですか」

「おまえは……」

栄次郎の顔を見て、おとよは唖然とした。

「藤吉です」

「違うわ。誰なの？」

「大きな声を出さないでください。この一帯はすでに捕り方で固められています。騒げば、今から寮に踏み込まねばならなくなります」

栄次郎は嘘をついた。

「おまえさんは何者なの？　湯島天神でおまえさんの胸に抱かれていたとき、藤吉じゃないとわかったわ。それに、おまえさんには藤吉にない気品があったもの」

開き直ったように、おとよは話した。

「こっちに来てくれませんか。お願いします」

寮を振り向いたが、おとよは素直に栄次郎に従った。

法源寺の山門に、新八が来ていた。

「あんたたち、何者なの？」

おとよが改めてきいた。

「おとよさん。騙してすみません。私は藤吉さんと関わりのある者なんです。矢内栄次郎と申します。藤吉さんを殺した人間を探していたのです」

「…………」

「おとよさん。三国屋からも十郎太からも逃げ出すいい機会です。もう一度、やり直すんです」

「でも……」

「おとよさん。そのためなら私が力になります」

そこに、磯平が子分とともに駆けつけて来た。

おとよが逃げようとしたのを、栄次郎は手を摑んで引き止めた。

「おとよさん。私に任せてください」

栄次郎は囁いてから、磯平と高瀬に向かい、

「このひとはおとよさんといい、『三国屋』の主人与右衛門の世話を受けているそうです。じつは、おとよさんが一味のことを話してくれたんです」

栄次郎はかい摘んで今夜のことを話した。

「おとよさん。話してください。一味のことを」

栄次郎はおとよに言った。

「私の兄の十郎太は三国屋の旦那の言いつけで、関東の国々の窃盗団から盗品の着物を買い集める仕事をしてました。今夜も、買い付けに出かける前の打ち合わせで『三国屋』の寮に集まっています」

「そうか。よく話してくれやした」

磯平が気負ったように言う。

「おとよさん、藤吉を殺した人間についても話していただけませんか」

栄次郎はおとよが自らすべてを訴えた形に持って行きたかった。おとよの罪を軽くするためだ。

「藤吉さんを殺したのは、私の兄です。藤吉さんが一味から逃げ出そうとしたのを知って殺したのです」

「十郎太ですね」

「おそらく、『松島屋』の益次郎を殺したのも十郎太だと思われます。十郎太はかなり凶暴な男のようです。それから、三国屋与右衛門に用心棒がいるそうです。苅田堂太郎という浪人だそうです。この苅田堂太郎が崎田さまを襲った侍かと思われます」

「そうですか。わかりました。じきに同心の旦那もやって来るはずです」

「親分。盗まれた着物の一覧、手に入りましたか」

栄次郎はきいた。

磯平は懐から紙切れを取り出した。

「これです。ほんの一部だが、書き抜いて来ました」

「これ、お預かりしてよろしいでしょうか」

「なに、なさるんで？」

「きのうお話ししたように、寮の中に盗まれた着物があるか、新八さんに調べてもらいます。そのことが確かめられれば、奴らは言い逃れ出来ませんから」

「そいつはありがたい。お頼みいたします」

磯平は新八に頭を下げた。

「それじゃ、さっそく」

新八も応じた。

「磯平親分。およさんをどこか安全な場所にお連れしていただけませんか」

「わかりました。聖天町《しょうでんちょう》にこの界隈を縄張りにしている岡っ引きがおりやす。かみさんが呑み屋をやっています。そこに泊めてもらいます」

「そうしていただけると助かります」

栄次郎はおとよに顔を向け、

「今、お聞きになったとおりです。そこで、休んでいてください。今夜で、すべて決着がつくはずですから」

と、諭すように言った。

「わかりました」

おとよは素直に応じた。

「栄次郎さん」

おとよが栄次郎の目を真剣な眼差しで見つめた。

「私がここに来たのは、寮に知らせるためじゃないわ。あなたにもう一度会いたかった。あなたが誰だか知りたかった。だからよ」

そこまで言うと、おとよは顔をそむけるようにして体の向きを変え、待っている磯平のそばに行った。

栄次郎は去って行くおとよを見送っていると、その後ろ姿がお秋に重なってきた。

六

夜が更けて行く。ときおり、雲が切れ、月影が射す。

新八が『三国屋』の寮の塀を乗り越えたあと、栄次郎は裏手にまわった。

黒い布で頰被りを済ませて待っていると、裏口の戸が静かに開いた。新八が中から開けたのだ。

栄次郎は身を滑り込ませた。母屋は大きいが、庭はそれほど広くはない。

「ところどころ、鳴子《なるこ》が仕掛けられています」

新八が注意をした。

「用心深いな」

栄次郎は呟く。

「あっしは土蔵の中を見てきます」

新八は盗品を調べに土蔵に向かった。栄次郎は母屋に近寄った。雨戸の隙間から明かりが漏れている。

まだ、酒盛りは続いているのか、賑やかな声が聞こえる。だが、さっきまでの馬鹿騒ぎは収まっていた。

栄次郎は雨戸に耳をつけた。声が聞こえるが、よく聞きとれなかった。その場を離れ、表のほうにまわる。

庭木戸の手前にも鳴子が仕掛けてあった。それを注意してまたぐ。

庭木戸を抜けて、表口にやって来た。若い男が出て来た。足元がふらついているのは、相当呑んだためか。

男はしばらく夜気に当たってから中に引っ込んだ。栄次郎は戸口に近づき、戸を少し開けた。

土間に草履が七足あった。この中に七人いるのだ。三国屋与右衛門、十郎太、そして浪人の苅田堂太郎。それ以外に四人だ。

栄次郎はさっきの場所に戻った。すると、庭に明かりが漏れていた。誰かが雨戸を開けたのだ。

以前、『三国屋』の裏口から出て来た男、十郎太だ。背後から、恰幅《かっぷく》のよい四十絡みの男が顔を出した。与右衛門に違いない。

「明日からまた頼みましたよ」

　与右衛門が声をかけた。

「今度は桐生の上質の絹織物を持ってきますぜ。向こうの人間も、『七つ下がりの五郎』がやって来るのを愉しみにしていますからね」

「藤吉が欠けた分、誰か補充したほうがいいな」

「へえ。藤吉め。恩を仇で返しやがって」

　十郎太が憎々しげに言った。

「おとよと出来ていたのは間違いなかったようだな」

「へえ、すいません。あっしが油断したばかりに」

「私は裏切られるのが嫌いでね。おまえさんの実の妹でなけりゃ、大川に沈めているところだった」

「今度、旦那を裏切ったら、あっしがこの手でやります」

「そうだな」

　与右衛門は不気味に笑ってから、

「そろそろ出かける頃か」

　と、言った。

栄次郎は耳を疑った。

「へい。連中が千住宿で遊びてえなんて言い出すんで。真夜中でも受け入れてくれる旅籠がありますんで」

「ああ、しばらく江戸の女ともお別れだ。それも、いいだろう」

十郎太が雨戸を閉めた。

栄次郎はその前を横切り、土蔵のほうに行った。

ちょうど新八が戻って来た。

「ありましたぜ。盗品の訴えが出ているやつが確かめただけで三着」

「連中。出かけるようです。とりあえず、磯平親分のところに」

栄次郎と新八は裏口から外に出た。

そして、法源寺の山門まで戻った。磯平と手下のふたりだけだった。

「まだ、来ません」

磯平が焦れたように言った。

「困ったことになりました。連中、予定を変えてもう出発するようです」

「ほんとうですか」

磯平は動揺した。

「旦那たち、いってえ、何をのんびりしているんだ」

「何かあったんでしょうか」

栄次郎は訝った。だが、悠長に構えている余裕はなかった。

「十郎太たちは千住宿に泊まると言ってますが、旅籠で捕物騒ぎになると、ほかの人間を巻き添えにしかねません。やはり、寮を出さないようにしないと」

栄次郎はとっさに決断した。

「我らだけで踏み込みしょう」

「えっ」

磯平は目を剝いた。

「だいじょうぶです。手強そうなのは十郎太と浪人の苅田堂太郎のふたりです。十郎太と苅田堂太郎は私が相手をします。新八さんと親分たちはあとの連中をお願いします」

「やりましょう」

新八が応じた。

「わかりやした」

磯平も覚悟を固めたようだった。

「では」

栄次郎は寮に向かった。

「私は裏口から入り、みなを誘き出します。新八さんたちは騒ぎが起こったら表から入ってください」

寮の前で言い、栄次郎は裏口にまわった。

刀を確かめてから、裏口の戸を開けて庭に入る。そして、母屋の前に向かう。途中、鳴子を見つけ、わざと綱を揺すった。細い竹が小板に当たり、けたたましい音を立てた。

屋内から騒ぎが起こった。雨戸が勢いよく開き、明かりが庭に漏れた。

「誰だ？」

大きな声がした。十郎太だ。

栄次郎はゆっくり前に出た。

「てめえは何者だ？」

「藤吉と益次郎の仇を討ちに来た。覚悟をしてもらおうか」

「なんだと」

十郎太は懐に手を突っ込んで庭に飛び下りた。ふたりの若い男が匕首を抜いて続いた。ひとりは図体の大きな男だ。

十郎太が栄次郎の前に立ち、懐から手を出した。匕首が握られていた。

ぺっと、匕首を握った手に唾をかけ、十郎太は構えた。いかにも匕首の扱いに馴れている。構えに余裕があった。的確に相手の心の臓を突き刺す腕を持っているのだ。

栄次郎は両手を下げて男と対峙した。

「ちっ。居合か」

十郎太は吐き捨ててから、腰を落とし、匕首を振りかざした。栄次郎はすっと一歩前に出た。

十郎太は後退った。

後ろに気配がした。大男が匕首を腰の位置で構え、栄次郎に体当たりするように突進してきた。

栄次郎は身を翻しながら、突進してきた男の足を蹴った。男はもんどりを打って背中から地べたに落ちた。

起き上がろうとしたが、呻き声を発しただけでまた倒れた。

「この野郎」

十郎太が匕首を振りかざして迫った。

栄次郎は腰を落とし、素早く刀を抜いた。そして、再び刀が鞘に戻ったとき、匕首は宙を飛び、植込みの中に落ちた。

「十郎太。藤吉と益次郎を殺したのはおぬしだな」

「なんのことだ？　そんなこと、知らねえ」

十郎太が喚《わめ》いた。

「しらっぱくれてもだめだ。さっきの三国屋とのやりとりをしっかりと聞いていた」

「いい加減なことを言うな」

「『七つ下がりの五郎』と名乗っているのはそなただな」

「なんだと」

十郎太ががむしゃらに向かって来た。さっと体《たい》をかわし、栄次郎は十郎太の手首を摑み、腕をひねるようにして投げ飛ばした。

背中から落ちて、十郎太は悲鳴を上げた。

残りの者たちは庭に飛び下りて匕首を構えていたが、十郎太があっさりやられたのを見て怖じ気づいたのか。かかってこようとしなかった。

栄次郎は男たちに迫った。

「匕首を捨てるんだ」

刀の柄に手をかけて威すと、男たちは後退った。

「おまえたちは盗賊か」

たまりかねたように、三国屋与右衛門が縁側から声を張り上げた。

「盗賊はそっちだ。土蔵の中に盗難にあった着物が隠してあることはわかっているのだ。三国屋。そなたは盗品買いの頭目か」

栄次郎は追及した。

「出鱈目《でたらめ》を。これ以上、狼藉を働くならお役人を呼びますよ」

三国屋は強がった。

「それには及ばねえ」

廊下伝いに、磯平が現れた。

「おい、みな。おとなしくするんだ。この寮の周囲は捕り方で固めてある」

「なに」

三国屋が目を剝いた。

「三国屋。おめえが、関東の各地で盗んだ着物を買い集めていたことはすっかり調べ上げている。観念することだ」

磯平が三国屋にきっぱりと言った。

「てめえの店だけでなく、『松島屋』にも卸してたこともわかっている。三国屋、観念しやがれ」

磯平は強がったが、同心は駆けつけていないのだ。岡っ引きが勝手に捕縛は出来ない。

そのとき、栄次郎は苅田堂太郎の姿が見えないことに気づいた。

「用心棒の苅田堂太郎はどうした?」

栄次郎は三国屋を問い詰めるようにきいた。

「苅田さまがいてくれたら、おまえたちを簡単に蹴散らしたものを」

三国屋は口惜しそうに口許を歪めた。

「苅田堂太郎はどこかへ行ったのか」

そう問いかけたとき、栄次郎の全身に衝撃が走った。

「まさか」

栄次郎は三国屋に迫った。

「苅田堂太郎は崎田さまのお屋敷か」

「さあ、どうでしょうか」

三国屋は微かに口許に笑みを浮かべた。

「益次郎が死んだというのに、まだ崎田さまを襲うのか」

「あの方の考えはわかりません。ただ、一度、約束をしたことは必ず果たす。そういう妙な律儀さがありますからな」

栄次郎は焦った。すぐにでも、八丁堀に駆けつけたいところだが、三国屋たちをこのままにしておけない。

「新八さん。縄を探してきてくれませんか」

「わかりました」

しばらくして、新八が縄を持って戻って来た。

「納屋にありました」

「じゃあ、親分。とりあえず、これで縛り上げておきましょう」

磯平たちは一味を縛り上げたとき、ようやく外でひとの気配がした。

同心の高瀬文之助を先頭に捕り方が駆け込んで来た。

「遅くなった」

栄次郎は高瀬のそばに行き、

「崎田さまはご無事で？」

と、きいた。

「大事ない。大胆にも屋敷内に浪人が踏み込んで来た。幸い、同心が詰めていたからよかったものの、危ういところだった」

「やはり、襲われたのですか。で、賊は？」

「逃げられた」

「そうですか」

「我らは船でかけつけた。この者たちを船で南茅場町の大番屋に連れて行く」

高瀬文之助は栄次郎に言った。

三国屋与右衛門以下七名、そして寮の番人夫婦がこぞってしょっぴかれて行った。

「矢内さま。どうなさるんで？」

磯平がきいた。

「苅田堂太郎を待ってます。律儀な男のようです。ここにやって来るかもしれません」

「豊島町の店のほうに帰るんじゃありませんかえ」

「与右衛門がここに来ているんです。こっちに来ると思います」

「じゃあ、あっしも、ここで」

「いえ、親分はいっしょに行ってください。来るか来ないかは賭けですから」

「そうですかえ。じゃあ、行きますんで。改めて、ご挨拶にあがります」

磯平は礼を言い、一行のあとを追った。

栄次郎は新八とふたりで寮に残った。ふたりは、一味の者が酒盛りをしていた部屋で、苅田堂太郎を待った。

「苅田堂太郎は三国屋が捕まったことを知らないのでしょうか」

「知らないはずです。八丁堀から追手を逃れて遠回りをしてここまでやって来るでしょうから、時間がかかるかもしれません」

だが、半刻を過ぎ、子《ね》の刻の真ん中（午前零時）を大きく過ぎて、栄次郎は不安になってきた。

「来ませんね」

新八がため息混じりに言う。

「来ます。必ず」

栄次郎は自身に言い聞かせた。

ふと、外で何かが転がるような音がした。新八ははっとして、身構えた。

「風でしょうか」

確かに風が出て来た。風が何かを飛ばしたようだ。だが、栄次郎は身を引き締めた。

「来たようです」

「えっ」

新八が目を剝いた。

栄次郎は静かに立ち上がり、腰に大刀を差した。そして、ゆっくり障子に向かった。

新八が障子を開けた。

庭に、痩せた浪人が立っていた。

「苅田堂太郎どのでござるか」

廊下に出て、栄次郎は声をかけた。

「いかにも。そなたとは二度目だな」

「はい。崎田孫兵衛さまのお屋敷の前で。矢内栄次郎と申します」

「そうか。で、ここにいた連中はどうした?」

「今頃、大番屋に着いている頃かと」

「そうか。捕まったのか。三国屋もか」

「はい」

「で、そなたはわしを待っていたのか」

「そうです。必ず、いらっしゃると思っていました」

「見透かされていたのか」

「いえ、苅田どのが律儀なお方だと思ったからです。依頼人が死んでいるのに約束を果たそうとするほどのお方は、自分の用が済めば三国屋のところに戻って来る。そう思いました」

「確かに、益次郎に頼まれて崎田孫兵衛を襲った。だが、きょうも襲ったのは、し損じたことをやり遂げたかっただけだ。益次郎との約束ゆえではない」

「では、これからも崎田さまを襲うと？」

「言うまでもない。一度やると決めたことは最後までやる。それが、俺が自分に課している掟だ。二度も失敗するという屈辱ははじめてだが、今度こそはなし遂げる」

「いえ、もうあなたにその機会は訪れません」

栄次郎は庭先に下り立った。

「そなたとは、いつか立ち合うことになるだろうと思っていた」

苅田堂太郎は左手を刀にかけた。

「なぜ、三国屋の用心棒に？」

「妻が病気になり、やむなく世話になった」

「ご妻女は？」

「亡くなった。去年だ。苦労をかけどおしだったが、三国屋の世話になった一年間はふたりで穏やかな日々を過ごすことが出来た」

「『松島屋』の益次郎に、崎田孫兵衛さまの暗殺を頼まれたのですね」

「そうだ」

「なぜ、ですか。なぜ、益次郎の頼みを？　お金ですか」

「いや。益次郎は俺たち夫婦の面倒をよく見てくれたのだ」

「なぜ？」

「三国屋の世話で、俺たち夫婦は今川町の『松島屋』の離れを借り受け暮らした。そのとき、なにくれとなく家内の面倒をみてくれたのが益次郎だった。家内の弔いもいっさい益次郎が仕切ってくれた。そんな益次郎の頼みを無下《むげ》に出来なかった」

「なぜ、そんなことをするのか、わけをききましたか」

「聞いた。その前に、『松島屋』で悲惨な事件が起きていた。主人の益太郎が内儀を殺し、首をくくった。聞けば、内儀が崎田孫兵衛と情を通じていたという」

「その話を信じましたか」

「内儀が夫を守るために崎田孫兵衛に身を許したことは間違いない」

「益太郎が内儀を殺し、兄である益太郎を自害に見せかけて殺したという疑いも出来ます。そうは思いませんでしたか」

「そうかもしれぬ」

苅田堂太郎はあっさり言った。

「どうして、そう思うのですか」

「益次郎が内儀に懸想《けそう》していることはわかっていた。内儀と店を手に入れたいために、益次郎は兄をはめた。だが、それを邪魔したのが崎田孫兵衛だったというわけだ」

「益次郎の悪事をわかっていながら、崎田さまの殺害を引き受けたのですか」

「それだけ、世話になっていたからな」

「そうでしたか」

栄次郎はやりきれないように呟いた。

「もう話も尽きたようだ。いざ」

苅田堂太郎は抜刀した。

栄次郎は両手を下げて自然体で立った。

「出来るな」

苅田堂太郎は緊張した声を出した。相手の技量を見抜く苅田堂太郎の腕前も相当なものだということだ。

栄次郎は無心で少しずつ、間合いを詰めた。苅田堂太郎も正眼《せいがん》に構えたまま、じりじりと迫った。

ときおり、強い風が吹く。月影がゆっくり移動する。風の音以外、何も聞こえない。苅田堂太郎は半身になり、剣を八相《はっそう》に構えた。そして、間合いが詰まった。が、苅田堂太郎の動きが止まった。

栄次郎も足を止めた。それから、ふたりは無言で微動だにせず対峙《たいじ》した。そのまま、時が経った。

月の位置が大きくかわった。まるで、先に仕掛けたほうが負けであるかのように、両者は動かなかった。いや、栄次郎は動けなかったのだ。苅田堂太郎も動けなかった。

月が雲に隠れ、辺りは闇に包まれた。緊張が極限に達したかのように、新八が悲鳴のような声を上げた。それが合図となったのか苅田堂太郎が動いた。栄次郎も刀の柄に手をかけた。

再び、月明かりが射した。白刃が月の光を照り返した。栄次郎と苅田堂太郎の位置が入れ代わっていた。

栄次郎の剣は鞘に半分ほど入っていた。栄次郎は腰を伸ばし、刀を鞘に納めた。振り返ると、苅田堂太郎が抜き身を下げてこっちを見ていた。

「俺の負けだ」

そう言ったあと、苅田堂太郎はその場にくずおれた。

七

翌日、栄次郎は崎田孫兵衛の屋敷に行った。

「きのうはたいへんだったようですね」

孫兵衛は体を起こしていた。

「惣太郎が体を張って助けてくれた」

「そうですか。金子さまが」

「惣太郎は毎晩、屋敷の周辺を見廻ってくれていたそうだ。この屋敷に侵入するあやしい影を見つけ、果敢に飛び込んで来てくれた」

「そうだったのですか」

詰めていた警護の同心の隙を窺い、苅田堂太郎は屋敷に押し入った。もし、金子惣太郎が見ていなかったら、孫兵衛の身は危うかっただろうことが想像される。

その後、高瀬文之助たちも駆けつけ、逃げた賊を捕らえようと辺り一帯を包囲し、探索したが、賊を見失った。そのことがあって、橋場への到着が遅れたのだ。

「でも、ご安心ください。すべて片づきました」

「わしを襲った賊は？」

「討ち果たしました」

「そうか。何者で、なぜわしを狙ったのか、話してくれるか」

「背後には盗品買いの一味の存在がありました。崎田さまは、知らないうちにその事件に巻き込まれてしまったのです。つまり、賊は勘違いしていました」

「勘違いとな」

「崎田さま。もし出来ますれば、これ以上深く詮索することを断念してくださることを望みます」

「なぜだ？」

「崎田さま以外に、この事件に巻き込まれてしまったお方もおいでになります。そのお方を苦しめることになりかねませんゆえ」

「惣太郎のことだな」

栄次郎ははっとした。

「あいつ、わしに何か隠している。負い目があるようだ。よし、わかった。そのほうの望みどおりにしよう。惣太郎に、それとなく話しておけ。わしはもう事件には興味がないとな」

「はっ。ありがとうございます」

「それより、あっちのほうだ」

孫兵衛は声をひそめた。お秋のことだ。

「ずいぶん寂しそうでした。早く元気になって会いに行ってやってください」

孫兵衛は、お秋の身に起きた短くも激しい恋のことを知るよしもなかった。また、すべてが終わった今、知らせる必要もなかった。

「そうか。寂しい思いをさせてすまなかったと言ってくれ」

孫兵衛は小声で言った。

「わかりました。伝えておきます」

栄次郎は立ち上がった。

門を出たところで、金子惣太郎と出くわした。

「ゆうべの金子さまのお働き、崎田さまはたいへん喜んでおられました」

「いや」

金子惣太郎は戸惑い顔になった。

「それから、崎田さまにはもう事件のことは知りたくもないそうです。ですから、金子さまも例のことはお忘れくださいとい」

「矢内どの。かたじけない」

「どうか、崎田さまとのご友情を末永く」

「そなたの好意を無にすまい」

金子惣太郎は深々と腰を折った。

「どうぞ、お顔を」

あわてて、栄次郎は声をかけた。

それから十日後。

栄次郎はお秋の家に来ていた。二階の小部屋で三味線の稽古をしているとき、お秋が部屋に入って来た。

「ごめんなさい。お稽古の邪魔をして」

「いえ。何か」

困惑した顔つきのお秋を訝しく見た。

「今、旦那の使いが来て、きょう来るそうなの」

「そうですか。もう、外を出歩けるようになったのですね」

崎田孫兵衛のことだ。歩けるようになれば、まっさきにお秋に会いに来るだろう。

「旦那にどんな顔で会えばいいのかしら」

憂鬱そうな表情で、お秋が言った。

「普段どおりですよ。だって、崎田さまは何も知らないんですから」

「それでいいのかしら」

「いいんです。何も知らないほうが崎田さまにとっても仕合わせです。それに、お秋さんは夢を見ていただけなんですから。いいですね」

栄次郎はお秋に諭すように言った。

「ええ。儚い夢でした」

しんみりと、お秋は呟いた。

「いえ、短いけど激しく燃えた恋だったではありませんか。そんな思い出を持てただけでも仕合わせだったと思いますよ」

「そうね。藤吉さんのおかげね」

お秋は遠くを見る目付きをした。おそらく、藤吉の顔を思い浮かべているのだろう。

お秋には酷かもしれないが、栄次郎はこれでよかったと思っている。藤吉といっしょになっても、決してお秋は仕合わせにはなれなかったと思うのだ。

仮に、藤吉が一味を脱け出せたとしても、それまでの罪は消し去ることは出来ない。

十郎太たちといっしょに捕まったはずだ。

三国屋与右衛門や十郎太たちの自白により、上州や野州などで暗躍していた窃盗団の一味が代官所の役人によって次々と捕らえられているという。

そのことを知らせてくれた岡っ引きの磯平はおとよは情状酌量されそうだと言い、与右衛門と十郎太は死罪、その他の一味は遠島を申し付けられるだろうと、見通しを語った。

もし、藤吉が生きていたら、遠島になっていたかもしれない。いずれにしろ、お秋は藤吉とは結ばれない定めだったのだ。

夕方になって、孫兵衛がやって来た。

「旦那。お久し振りでございます」

お秋は畏まって孫兵衛を迎えた。

「お秋。心配かけてすまなかった。さぞかし、寂しい思いをしたであろう」

「はい。でも、こうしてお会い出来て、ほんとうにうれしゅうございます」

お秋は以前のような態度で接した。

「そうか。わしもうれしいぞ」

孫兵衛は鼻の下を伸ばした。

「崎田さま。もう、傷はよろしいのでしょうか」

栄次郎はきいた。

「うむ。もう大事ない。酒も呑んでだいじょうぶだ。矢内どの。今宵は大いに呑もうではないか」

孫兵衛はご機嫌だった。

「旦那。私も今夜は呑みますわ」

お秋が甘えるように言った。

悲しみを乗り越え、お秋は元の暮しに戻って行くのだ。これでよかったのだと、改めて思いながら、栄次郎は孫兵衛にいろいろ世話を焼くお秋を見ていた。

時代小説
二見時代小説文庫

大川端《おおかわばた》密会宿《みっかいやど》　栄次郎江戸暦《えいじろうえどごよみ》10

著者　小杉健治《こすぎけんじ》

発行所　株式会社　二見書房
東京都千代田区三崎町二―一八―一一
電話　〇三―三五一五―二三一一［営業］
〇三―三五一五―二三一三［編集］
振替　〇〇一七〇―四―二六三九

印刷　株式会社　堀内印刷所
製本　ナショナル製本協同組合

ISBN978-4-576-13039-2
http://www.futami.co.jp/